U0115407

文化生活叢書

伏羲的字典

汪開慶　著

永遠不接受任何自己不清楚的真理──笛卡爾

目次

上部　漢字起源

下部　案例論證

上部
漢字起源

一

百姓日用而不知

　　有一樣東西，我們每天都在使用，不管你是大人還是小孩，不管你是公務員還是上班一族，不管你是校長還是學生。不論你是誰，我們每天都會使用，而且每天使用還不止一次，從起床那一刻一直到你睡眠，並且我們每個人使用的還都是一樣的。中國人在用，外國人也在用，過去的人用過，未來的人還會用，只要有人的地方都在不間斷地使用，它伴隨著我們每一個人，一生一世，從不離開。

　　這是什麼東西呢？

　　這個不是東西的東西就是時間。

　　我們起床的時候被鬧鐘叫醒，我們上課是在規定的時間進入教室，我們下課，我們吃飯，我們午休都離不開時間。我們的春晚倒計時，我們的導彈發射，我們的月球火星探測，不僅需要時間，而且需要更加精準的時間。

　　我們每天使用，可是又有誰知道，我們每天使用的八點、九點、十二點三十分五十六秒這樣的時間是怎麼來的呢？

　　「百姓日用而不知」，這句話出自被稱之為萬經之首的《易經》。

　　《易傳》〈繫辭傳上〉〈第五章〉：「仁者見之謂之仁，知者見之謂之知，百姓日用而不知，故君子之道鮮矣。」

　　據說，這是孔子當年讀《易》時的感嘆，如果孔子穿越到今天，同樣還會感嘆，因為我們每天都在使用的時間，很少有人知道時間是怎麼來的。

　　那麼時間是怎麼來的呢？

時間分為三種：一種是科學時間，一種是哲學時間，一種是人文時間。

我們每天使用的時間是第一種，屬於科學時間，我們中國人使用的科學時間叫「北京時間」。「北京時間」不是來自北京，而是來自西安，來自西安臨潼「國家授時中心」，全稱是：「中國社會科學院國家授時中心」[1]。

有圖為證，這是作者本人站在「國家授時中心」大門對面拍攝的（圖1），具體拍攝時間在圖片的右下角：二〇二三年一月七日，十二點三十三分。手機上顯示的時間，也是他們給的，中國所有的人所有的單位使用的所有時間都是他們給的，而且只能是他們，絕對不會出現第二個國家授時中心。

圖1 中國科學院國家授時中心

---

1 中國科學院國家授時中心，前身是中國科學院陝西天文臺，成立於1966年，是我國唯一的專門、全面從事時間頻率基礎研究和應用研究的科研機構，承擔著我國國家標準時間（北京時間）的產生、保持和發播任務，建設和運行著的長短波授時系統是我國的第一批國家重大科技基礎設施，建成了國內唯一的天地一體星地綜合衛星導航授時試驗平臺，為我國國家時間頻率體系、衛星導航系統的建設和發展做出了重要貢獻。中心簡介見國家授時中心官方網站，網址：http://www.ntsc.cas.cn/dwgk/

　　我們在文章寫作中一般儘量避免「唯一」、「毫無疑問」、「獨一無二」、「最」等絕對性詞語，但是這些絕對性詞語用在他們的身上絕對可以——他們毫無疑問是唯一的，是獨一無二的，是最具有權威的「國家授時中心」，是任何單位任何個人不可取代的。

　　哲學時間可以有無數個答案，人文時間可長可短，但是科學時間絕對不能有二個中心，因為二個「中」字加上「心」字，三字組合就是「患」字。

　　試想一下，如果有二個授時中心，發佈的時間不一樣，那我們怎麼上學，怎麼開會，我們如何進行全國統一考試，我們的軍隊如何發佈命令，我們怎麼書寫歷史，記錄事件。如果有二個時間，絕對後「患」無窮。

　　時間只能掌握在國家手裡，它是國家權利最重要的組成部分，在華夏文明五千年的歷史中，時間都是掌握在帝王手裡，歷朝歷代，只有皇帝才有權利代表國家頒佈時間。

　　「百姓日用而不知」，有人認為是「道」，而我們認為是時間——百姓每日使用「時間」而不知道「時間」怎麼來的。

　　我們的解讀的依據來自於「用」字本身，來自甲骨文「用」字的寫法，在甲骨文中，「用」字是這樣寫的（圖2），甲骨文中的「用」與現在通用的「用」字寫法外形很象，但是現在的「用」字已經很難看出「用」字最初的源頭，在中國所有的字典裡並不能說清楚「用」字的字源結構。

　　我們再來看「用」字的甲骨文，如果把「用」字拆開（圖3），「用」字的字形結構是「舟」字和「卜」字組合而成。「卜」字是「立竿見影」的象形，立竿見影的目的就是「卜」時，「卜」時就是科學測量時間的方

圖2　「用」字甲骨文

法,科學時間的原理是來自太陽的影子在空間移動。直到今天,我們每天使用的「北京時間」方法和基本原理並沒有改變。

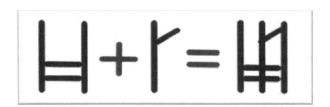

圖3 「用」字甲骨文字形分解

「用」字另一個組成部分是「舟」字,但是這個「舟」字並不是水上之舟,這個舟字是「天舟」,是太陽影子在圭表上投影移動的象形,上一橫是冬至,下一橫是夏至,太陽的投影在二條橫線中來回移動一周就是一個回歸年。

> 地球自轉引起晝夜交替,公轉帶來四季迴圈,太陽雖然每天都東升西落,但不同季節,出沒方位和正午的高度是不同的,並有著週期規律。用測影器測量,比較和標定日影的周日周年變化,可以知道方向,測定時間,可以求出回歸年的長度、黃赤交角、劃分季節等。圭表測景從遠古一直用到清末……[2]。

這是著名的天文學家陳遵媯先生在他的著作《中國天文學史》中對「立竿見影」是這樣注解的。

沒有時間哪來的歷史,沒有歷史哪來的文明,我們人類之所以是人類,那就是因為人類掌握了科學時間的方法。我們用時間記錄生死,我們用時間記錄事件,我們用時間書寫未來。

2　陳遵媯:《中國天文學史(上、下)》(上海:上海人民出版社,2018年),頁1221。

　　我們長期研究文字，特別是對甲骨文的研究，我們在甲骨文中發現，甲骨文的字形幾乎都與時間有關，都與科學時間的方法和原理有關。除日用的「用」字以外，國家授時中心的「授」字本身就是把時間的「天舟」傳授給他人的象形（圖4）。與「天舟」密切相關的還有「朕」字，朕的字形就是雙手立桿，測量「天舟」的象形（圖5）。

圖4　「授」字甲骨文　　　　　　　　圖5　「朕」字甲骨文

　　「同」字、「典」字、「冊」字、「尊」字、「和」字、「中」字、「黃」字、「帝」字、「夏」字、「商」字、「周」字，「禋」字、「文」字、「道」、「德」字、「彝」字……。這些在華夏文明中舉足輕重的漢字都與時間有關，都與科學時間的方法和原理有關，而這些字所有的指向都指向另外一個字——「羲」字。「羲」伏羲也，「羲」字最初的原型就是時間和空間的組合，是宇宙的代名詞。

　　「天文祖，人文先」，伏羲是華夏文明的天文始祖，是科學時間的開端，是人類歷史的起始，是浩浩蕩蕩中華文明五千年的源頭。

　　在眾多甲骨文研究的文獻中，都是把「卜」當「占卜」來研究，幾乎一致地認為「卜」字是龜殼裂紋的象形，是商人通過龜殼裂紋來判斷吉凶，可是龜殼裂紋的原理是什麼？用什麼方法來判斷吉凶？光

目錄就有四萬多字的《甲骨文獻集成》[3]卻找不到答案。

　　一個「卜」字遮蔽了整個商代文明，把商代的文明都籠罩在「巫術」之中，而另一方面又不斷宣傳中華文明博大精深光輝燦爛的歷史，這種自我打臉的尷尬研究正活躍在當今包括「文字學」在內的文史哲三大領域的著作中。除此之外，中國社會科學院還動用大量人力物力財力啟動「夏商周斷代工程」[4]，可是至今並沒有找到夏代存在的事實證據。可是，我們在研究中發現，夏代文字就在甲骨文中，「花園莊東地」的甲骨文就是夏代的文字。在這批甲骨文，充滿了夏代人物的字形符號，充滿了具有夏代特徵的天文曆法，這批甲骨文中有「夏」字、有「桀」字、有「蜀」字、有「玄鳥」、有「四方風」、有「龍」字原型、有「鳳凰」的原型，有「女媧」的原型、有水浮式「指南針」、還有圓周率「彝」字的象形……。另外，我們在商代甲骨文中，不僅發現了「貞人集團」原來是商代「天文機構」的秘密，而且還發現了與現代科技相同意義的「導航儀」，還有更不可思議的是，我們還發現了商代的「報紙」，發現了與現代意義完全相同的如《求是》一樣的官方期刊……。

3　該書為八開精裝，共四十冊，每冊約五五〇頁左右。結集中國大陸、港臺以及日、美、加拿大、英、法、德、瑞典、瑞士、俄、澳、韓等國家或地區數千位元學者的各種語種的有關甲骨論著計二千餘種，纂選年代範圍自一八九九年殷墟甲骨文發現迄至一九九九年以前一百年間公佈發表的甲骨文殷商史研究之成果，根據原版本按統一格式影印。堪稱為世紀性編次的大型甲骨文獻資料文庫。

4　夏商周斷代工程，是一項中國的文化工程，是一個以自然科學與人文社會科學相結合的方法，來研究中國歷史上夏、商、週三個歷史時期的年代學的科學研究專案，是一個多學科交叉聯合攻關的系統工程，是中華人民共和國「九五計畫」中的一項國家重點科技攻關專案。正式啟動於一九九六年五月十六日，二〇〇〇年九月十五日結題。該工程將自然科學、社會科學和人文科學的研究手段和研究成果相結合，設置九個課題四十四個專題，組織來自歷史學、考古學、文獻學、古文字學、歷史地理學、天文學和測年技術學等領域的一七〇名科學家進行聯合攻關，旨在研究和排定中國夏商周時期的確切年代，為研究中國五千年文明史創造條件。

　　我們在甲骨文中發現太多的秘密，而這些秘密都與時間有關，都與「百姓日用而不知」的科學時間有關。

　　「我思故我在」，這是笛卡爾的名言，受過高等教育的人一般都能隨口背出，並且津津樂道於這句名言的哲學主義，但是，知道笛卡兒《方法論》的人並不多——「理性（理智）人人都有，但光有理性是不夠的，重點還在於能夠恰當地運用它。這樣才能在各門學科中探求真理⋯⋯因而，好的理性必然是一種好的『方法』規定的結果，好的方法就是對理性好的掌控。」[5]而且用他的方法去研究問題的學者特別是對甲骨文研究到面前為止還沒有發現。

　　　　笛卡爾在一六三七年出版的著名哲學論著《方法論》，此書對
　　　　於整個西方學術的思維方式、思想觀念和科學研究方法都產生
　　　　了極大影響。甚至有種說法，歐洲人在某種意義上都是笛卡兒
　　　　主義者，在此指的不是笛卡兒的二元論哲學，而是指受方法論
　　　　的影響[6]。

在接下來的文章中，我們將用笛卡爾在《方法論》[7]中指出的研究問

5　〔法〕勒內・笛卡爾著，左天夢譯：《談談方法》（上海：上海文化出版社，2021
　　年），頁131。

6　陳宇：〈主義、原理與方法——對當下中國電影界創作及理論傾向的思考〉，《電影
　　藝術》2009年第2期（總第325期），頁39-44。

7　笛卡爾在《方法論》中指出，研究問題的方法分四個步驟：
　　一、永遠不接受任何我自己不清楚的真理，就是說要儘量避免魯莽和偏見，只能是
　　　　根據自己的判斷非常清楚和確定，沒有任何值得懷疑的地方的真理。就是說只
　　　　要沒有經過自己切身體會的問題，不管有什麼權威的結論，都可以懷疑。這就
　　　　是著名的「懷疑一切」理論。例如亞裡斯多德曾下結論說，女人比男人少兩顆
　　　　牙齒。但事實並非如此。
　　二、可以將要研究的複雜問題，儘量分解為多個比較簡單的小問題，一個一個地分

題的具體方法對甲骨文的字形和結構進行分析，試圖還原伏羲科學時間的原理和方法，找出「伏羲字典」中所蘊含的科學真理，從而找到漢字的源頭，揭示華夏文明起源的秘密。

開解決。

三、將這些小問題從簡單到複雜排列，先從容易解決的問題著手。

四、將所有問題解決後，再綜合起來檢驗，看是否完全，是否將問題徹底解決了。

二
「年」字不是怪物

　　年、月、日是構成科學時間的三個最基本的單位,按照笛卡爾的研究方法,我們先從最簡單的「年」字開始。

　　「年」字甲骨文中是這樣寫的,如果不認識這個字,僅看字形,還真以為是個「怪物」[1](圖6)。

　　生活在當代的人,只要接受過小學以上的教育,一般都知道地球公轉一圈就是一年。如果你今年十九歲,浪漫的說法就是——我來到這個世界,地球轉了十九圈。但是,如果問你地球公轉的原理是什麼?估計和「百姓日用而不知」一樣,沒有幾個人知道。如果再問測量地球公轉的方法是什麼?知道的人更少了。如果直接告訴你公轉一圈等於三六五點二五天,這個數字是用什麼方法算出來的,知道的人都成大熊貓了。

圖6 「年」字甲骨文

　　河南登封曹書敏先生長期對天文現象進行觀察研究,並自製工具,利用登封告成「周公測影臺」獨特的地理位置復原伏羲的方法,這是他自製的工具(圖7)和自繪的圖(圖8)[2]。

1　民間有一種解讀,過年就是把「年」這個怪物趕走。
2　曹書敏:《告成觀星天文測量與探索》(鄭州:河南人民出版社,2017年)。

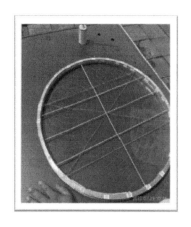

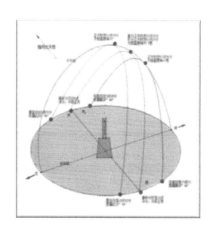

圖7 曹書敏先生自製的測年工具　　圖8 告成地區二至二分日出日中日
落方位及時刻對比圖示

　　圖示的方法是：在高高的臺子上固定一個直立的桿子，然後觀測
太陽的影子，太陽的影子每天從東方升起，落下的影子在西方，太陽
落山之前，影子落在東方，這樣就形成了一個倒立三角圖形，如果長
期觀察，太陽並不是每天從同一個地方出現的，而是從東偏南經過正
東再向東偏北慢慢移動，到達東偏南至點之後開始回歸，這樣就形成
一個與東偏南對應的三角，然後再由東偏北往回歸，經過正東在回到
動偏南的至點，這二個「二至」點被稱之為夏至和冬至，從冬至到夏
至再回冬至點，這就是地球公轉一圈所需要的時間，也就是一個「回
歸年」的長度。

　　如果按現在的說法就是從南回歸線經赤道到北回歸線再回到南回
歸線就是一年，這一年就是天文時間，就是地球公轉一圈的時間。
「國家授時中心」的主要任務就是測量太陽的垂直投影從南回歸線和
北回歸線所需要的時間，在現代科技水準的要求下，時間已經由銫原

子的振動頻率來進行協調，[3]但是我們平常「日用」的時間還是天文時間。「北京時間」的「回歸年」取決於南北回歸線的天文時間。

　　這種科學時間的方法和原理從伏羲時代一直到今天並沒有改變。歷朝歷代只是不斷改進方法，使其時間更加精準。

　　祖沖之[4]，大家非常熟悉的數學家，他把圓周率精確到小數點後七位，祖沖之還有一項突出的貢獻，那就是創制「大明曆」。

　　「大明曆」亦稱「甲子元曆」，南北朝一部先進的曆法。在《大明曆》中，祖沖之提出了在三百九十一年插入一百四十四個閏月的新閏周的方法。根據新的閏周和朔望月長度，可以計算出《大明曆》的回歸年長度是三六五點二四二八日，這個時間與現代測得回歸年長度僅差萬分之六左右，也就是說一年只差五十多秒。

　　「年」字就是「回歸年」原理和方法的象形。

　　細看「年」字，右下角還多了一個象尾巴一樣的弧線（圖9），那是因為，太陽公轉一圈並不是一個「回歸年」的結束，而是下一個「回歸年」的開始。

3　銫原子鐘是一種精密的計時器具。日常生活中使用的時間准到一分鐘也就夠了。但在近代的社會生產、科學研究和國防建設等部門，對時間的要求就高得多。它們要求時間要準到千分之一秒，甚至百萬分之一秒。為了適應這些高精度的要求，人們製造出了一系列精密的計時器具，銫鐘就是其中的一種。

4　祖沖之（西元429-500年），字文遠，生於丹陽郡建康縣（今江蘇南京），籍貫范陽郡道縣（今河北省淶水縣），南北朝時期傑出的數學家、天文學家。出身范陽祖氏。一生鑽研自然科學，其主要貢獻在數學、天文曆法和機械製造三方面。他在劉徽開創的探索圓周率的精確方法的基礎上，首次將圓周率精算到小數第七位，即在3.1415926和3.1415927之間，他提出的「祖率」對數學的研究有重大貢獻。直到十六世紀，阿拉伯數學家阿爾‧凱西才打破了這一紀錄。由他撰寫的《大明曆》是當時最科學最進步的曆法，對後世的天文研究提供了正確的方法。其主要著作有《安邊論》、《綴術》、《述異記》、《曆議》等。見百度百科，網址：https://baike.baidu.com/item/%E7%A5%96%E5%86%B2%E4%B9%8B/121104

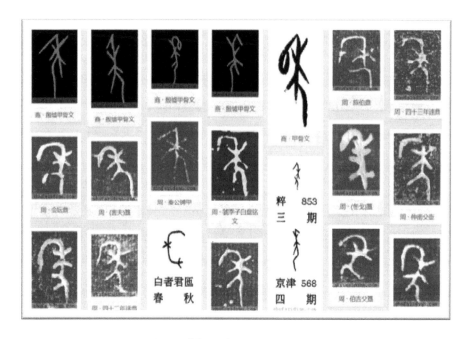

圖9 「年」字甲骨文及金文

　　一年又一年，循環往復，運行有常，地球持續不斷的公轉，就是「回歸年」的歷程，簡稱「年曆」，歷史的「曆」。在甲骨文中，「曆」字中的「年」字尾巴不見了（圖10），二個一模一樣的「年」字並立，下面多了一個腳趾，這正是連續移動「一年又一年」的象形。

　　一年又一年，中國的歷史就是這樣「一年又一年」被記錄下來。西元前八四一年，其年為周厲王三十七年，也是西周共和元年，這一年為中國歷史有明確紀年的開始。從這一年開始一直到清朝，近三千年的歷史就是這樣在《二十四史》[5]中「一年又一年」展開，這是唯

5　二十四史是中國古代各朝撰寫的二十四部正史的總稱，均以紀傳體編撰。它上起傳說中的黃帝時期（約西元前2550年），下至明朝崇禎十七年（1644）。涵蓋中國古代政治、經濟、軍事、思想、文化、天文、地理等各方面的內容。共計三二一三卷，約四千萬字。二十四史之所以被稱為正史，既與這些史書在中國史部書籍中的地位有關，也與歷代皇朝宣揚正統觀念有密切聯繫。

一的，其他任何文明都沒有像華夏文明的
歷史一樣有著明確的紀年，如果沒有「一
年又一年」的科學原理和方法，這一切是
不可能完成的，歷史的功勞屬於伏羲。

中國上古的天文學在建立之初，便只
為了一件事，那就是計時，不論是觀象
臺、測景臺、天文臺、圭表、日晷、渾天
儀、漏刻、水運儀象臺等等，其實只是在
做一件事，那就是計時。計時的結果就是
保證歷史的準確。

圖10 「曆」字甲骨文

三
上古天文臺

　　有伏羲就有「伏羲臺」,「伏羲臺」就是通過立竿見影科學計時的天文臺。

　　歷史最長的「伏羲臺」在甘肅天水,當地人稱「卦臺山」[1],二〇〇二年九月,中國社會科學院「華夏紐帶」工程組委會秘書處通過梳理口碑資料、現場勘探,認為「卦臺山」一帶很可能在八千年前就是先民活動的場所(圖11)。

圖11　甘肅天水卦臺山

1　卦臺山又稱伏羲畫卦臺,位於天水市麥積區渭南鎮西,是中華人文始祖伏羲觀天法地、演繹八卦、教化眾生之地,因此而得名。其山突兀而起,狀如倒扣之瓢,山頂為平臺,海拔一三六三公尺,相對高度一七〇公尺。北麓渭水環繞,河岸北正對九龍山,山下有龍馬洞,渭水中有分姓石(又稱分心石、龍石);南倚白鹿山,中呈峰腰,東臨三陽川盆地,三陽川在南北兩山環抱中,渭河呈「S」形,由西向東穿過,如同一個真實的太極原圖。

　　規模完善比較有影響的「伏羲臺」在河北新樂。

　　河北新樂「伏羲臺」位於河北省新樂市區北郊二公里處的何家莊村之東隅，是新石器時代三皇之首伏羲氏寓此繁衍生息發展壯大的地方，伏羲臺、金水河、葫蘆頭、剌孩草是伏羲時代留下的遺物和遺跡。帝嚳時期開始在伏羲臺上祭祀人祖伏羲氏，據史料記載：「帝嚳巡遊此土，見伏羲之聖跡，集四方之民而化導養育之故。而築臺修廟以祀之」。總占地面積一五一八七五平方公尺。石家莊市愛國主義教育基地和未成年人道德實踐教育基地。[2]

　　「伏羲臺」由上下三層臺羅疊而成，臺高九點三公尺，第三層臺呈不等邊八角形，名八卦臺。其主體建築自南向北排列在一條中軸線上，有山門、六佐殿、龍師殿、寢宮，中軸線兩側有華胥廟、鐘鼓二亭，主體建築龍師殿、寢宮、六佐殿始建於商周。臺上有歷代石碑刻、槐抱椿、槐抱槐、陰陽柏等景觀（圖12）。

圖12 河北新樂伏羲臺

2　見百度百科，網址：https://baike.baidu.com/item/%E4%BC%8F%E7%BE%B2%E5%8F%B0/5706267

　　有「伏羲臺」還有「伏羲廟」。

　　華夏第一廟：天水伏羲廟，原名太昊宮，俗稱人宗廟，位於甘肅省天水市秦州區，是中國西北地區著名古建築群之一，始建於明成化十九年至二十年間（1483-1484），為中國規模最大的伏羲祭祀建築群。「伏羲廟」占地面積一萬三千平方公尺，院落重重相套，四進四院，宏闊幽深。由於伏羲是古史傳說中的第一代帝王，因此建築群呈宮殿式建築模式，整個建築群坐北朝南，牌坊、大門、儀門、先天殿、太極殿沿縱軸線依次排列，層層推進，莊嚴雄偉[3]（圖13）。

圖13　甘肅天水伏羲廟

　　面積最大的「伏羲廟」名稱為太昊陵廟，占地面積達到五萬八千兩百平方公尺，位於河南省淮陽區羲皇故都風景名勝區，毗鄰風景秀麗的萬畝龍湖，是國家 AAAA 級旅遊景區，全國重點文物保護單位，中國十八大名陵之一（圖14）。

3　見百度百科，網址：https://baike.baidu.com/item/%E4%BC%8F%E7%BE%B2%E5%BA%99/75132

圖14 河南淮陽太昊陵

　　「伏羲臺」，漢代以後稱之為「靈臺」，在河南省洛陽市漢魏故城南郊，東漢中元元年，曾建有一座天文觀測臺——靈臺，現僅存「靈臺」遺址（東經112.6度，北緯34.7度）（圖15）。這張圖片是作者本人在現場拍攝的，時間是在二○二二年七月二十九日下午三點二十六分，現場的另外一側，有幾名工人在做圍欄，據稱是政府的要求，以防止村民多年取土用於自家房屋的建設。這座「靈臺」雖然已經荒蕪，都是還能明顯地感覺到這座靈臺當年的氣勢與宏偉。

圖15 河南洛陽南郊靈臺遺址

　　中國南北方土木地質的巨大差異造就「臺」的誕生，北方土質以黃土為主堆積成夯土，夯土臺基是「臺」的基礎原型；南方土木建築多以木為主，木幹欄是其顯著構型。所以，現如今「伏羲臺」的一帶一路沿線中原，不論是甘肅天水的「卦臺」，還是河北新樂「伏羲臺」，河南安陽的「羑里城」，河北邯鄲的「叢臺」，河南商丘的「閼伯臺」以及稍後的河南洛陽「靈臺」，這些地方本人都曾一一到訪。這些散落在中原大地上的上古遺跡都是「天文臺」，都與當時的「國家授時中心」相關，都與觀察「回歸年」並計算「回歸年」所需要的科學時間緊密相連。

四
地球是圓的

　　科學時間一「年」是地球公轉一圈所需要的時間，一「天」就是地球自轉一圈所需要的時間，而這一切必須建立在地球是圓的基礎上。

　　地球是圓的，地球人都知道。那麼伏羲知道地球是圓的嗎？這個問題我們在甲骨文裡同樣可以找到答案。

　　我們先看「黃」字的甲骨文（圖16）。

　　「黃」字在甲骨文中本身就是地球的象形，在「黃」字的文字圖形中，不僅表現出地球是圓的，而且還表現出地球公轉以及地球自轉的原理。我們來看「黃」字，中間的圓圈是地球，上下貫穿的一條弧線加上一個箭頭表示地球的公轉及其公轉方向，右下角的一段直線，表現的是自轉軸。我們現在知道，地球的公轉是地球圍繞太陽逆時針旋轉，而地球的自轉軸並不是指向太陽，地球的自轉軸指向的是天北極，自轉與公轉之間形成一個夾角，這個夾角為二十三點五度。

　　請看現代人畫的地球與太陽之間公轉和自轉示意圖，看懂了這個圖，再回過頭來看「黃」字，是不是一模一樣（圖17）。

圖16 「黃」字甲骨文

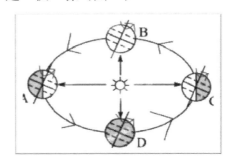

圖17 地球自轉及公轉示意圖

「天玄地黃」。「黃」字就是地球，「黃」字就是地球在黃道面上公轉和自轉的象形。

我們生活在地球上，不論在地球的任何位置，只要你腳踩大地，仰望星空，就能明顯感覺到地球向著東方旋轉。「東」字的甲骨文就是地球沿著自轉軸往東旋轉的象形（圖18）。

有地球就有地圖，地圖是現代人的說法，在中國古代，地圖被稱之為「輿」，堪輿的「輿」（圖19），「輿」字的本身就是繪製地圖原理的象形，因為地球是圓的，不能一眼二面，所以地球有東、西二個半球之分，要想看到地球的全貌，那就需要把地球立體的面展開形成一個平面，這個平面才是地圖。

圖18 「東」字甲骨文

圖19 「輿」字甲骨文

現在的全球地圖就是這樣繪製的，東半球和西半球並不在一個平面，我們只是把它們畫在一個平面（圖20）。

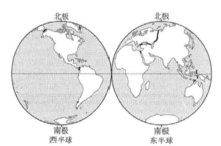

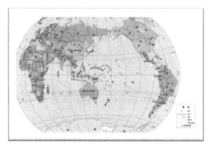

圖20 世界地圖中的東半球西半球及展開後的平面圖

　　從「輿」字甲骨文的字形看，中間是旋轉地球的「東」字，在「東」字的四個角有四隻手，四隻手像刨橘皮一樣把地球向四個方向刨開。

　　「輿」字甲骨文就是地圖繪製原理和方法的象形。

　　地球雖然沿著黃道面公轉，但是現代物理學告訴我們，地球在公轉的過程中並不是勻速的，而是象坨盧一樣左右擺動。這個原理在甲骨文中也有體現。「叀」字甲骨文就是地球在公轉時左右擺動的象形（圖21）。關於這個字涉及到現代天體物理學，我們將在下半部分的論文中有更多的討論。

圖21　「叀」字甲骨文

五
從地球到北極星

　　日晷，本義是指太陽的影子。現代的「日晷」指的是人類古代利用日影測得時刻的一種計時儀器，又稱「日規」。其原理就是利用太陽的投影方向來測定並劃分時刻，通常由晷針（表）和晷面（帶刻度的表座）組成。利用日晷計時的方法是人類在天文計時領域的重大發明，這項發明被人類沿用達幾千年之久（圖22）。

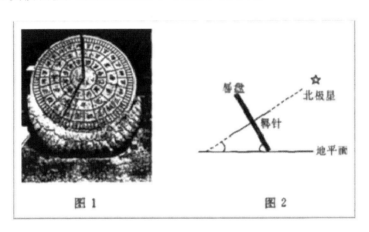

圖22　日晷使用示意圖

　　日晷看似簡單，但是設置日晷有一項重要的技術指標，那就是晷針必須指向北極星，而晷面要與晷針垂直，使用日晷，無論是何種形式都有一根指時針，這根指時針與地平面的夾角必須與當地的地理緯度相同，並且正確地指向北極星，也就是說都有一根與地球自轉軸平行的指針。觀察這根指針在指定區域內的投影，才能確定正確的時

間。這個過程古人稱之為「正」時。「正」字的甲骨文就是這個過程的象形。

地球又是圓的，日晷在每個不同的地方，就需要調整晷面與地平線的夾角，其目的就是指向北極星，得到正確統一的時間。

「帝」字正是調整指標是其指向北極星的象形（圖23），「帝」字也就成了北極星的代名詞，它是天體的中心，在地球的任何地方，所有的指針的指向（圖24）。

圖23 「帝」字甲骨文

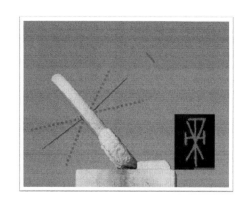
圖24 晷針指向示意圖

美國漢學家班大為對歷代文獻中「帝」字的解讀產生懷疑，通過大量的研究提出「帝」字是「帝」字形的範本作為測量北天極的手段，可惜他的研究成果並沒有得到更多的點贊和關注。他在他的著作中這樣寫到：

> 如果這個字最初的含義是以某種方式來源於確定北天極──即「帝」的居所的過程，所使用的是一種類似於我提出的範本那樣的、用於相配北天區星象的裝置，那麼「帝」字這個系列的

　　字根詞義看來是很恰當的。[1]

從「帝」字結構可以得出初步結論，最初的甲骨文並不是指物體外形的「象形」，而是方法和原理「象形」。我們從「帝」回到「黃」，從「黃」回到「授」，從「授」會到「朕」，從「朕」再回到「用」字，似乎都是方法和原理的「象形」，我們看到這個些字並不是這個字的本身，而是這些字背後的「圖示」，是科學原理和方法的「示意圖」。

　　仰望星空，我們就會發現茫茫宇宙中，所有的星體不是靜止的，而是圍繞著北極星旋轉，只有帝星也就是北極星處於相對靜止的狀態，所有的星體自轉軸都是指向帝星，地球也不例外。我們再看中國古代計時的日晷，它的指針同地球的自轉軸重合，所指向的就是北極星。而我們使用、採用的科學時間就是從這裡來的。

　　北京大學張衍田教授在他的著作《中國古代紀時考》前言中這樣寫到：

　　　　中華民族是一個偉大而古老的民族，有五千年的文明史。一代
　　　　又一代的中華兒女，乘坐時間的列車，駛過往日，來到今天。
　　　　正是時間，把人類從原始蒙昧的狀態帶到文明時代。時間，與
　　　　人類的生息發展息息相關。所以，我們的祖先很早就注意認識
　　　　時間，記錄時間。相傳黃帝時已經制定曆法，創制紀時器
　　　　具……[2]

這段關於人類、關於文明、關於時間、關於祖先、關於黃帝的描述作

1　班大為：《中國上古史實揭秘：天文考古學研究》（上海：上海古籍出版社，2008
　年），頁356。
2　張衍田：《中國古代計時考》（上海：上海古籍出版社，2018年）。

為中華民族的一分子讀起來自豪之情油然而起，但是馬上又被他澆了一盆涼水，他接著寫到：

> 這自是傳說歷史，不足憑信。根據文獻記載與考古提供的資料，大約在中國夏代已經具備曆法知識，並已採用一定的紀時方法。由此算起，至今已有將近四千年的歷史。

歷史就是歷史，有時間的歷史才是歷史，沒有時間的歷史才是傳說，所以只有「歷史傳說」，並沒有「傳說歷史」。

中華文明到底有沒有五千年，這是百年來史學家研究的焦點所在，易中天在他的《中華史》[3]中提出，中華文明史只有三千七百年。「疑古派」[4]「破壞而無建設」的斷言，中華文明史還不到三千年。

如果我們不是靠「戲說」歷史，如果我們不是靠資料的「層累造成說」，而是靠科學的態度，從「黃」字和「帝」字的「象形」出發，還原歷史的原理和方法，我們是不是就可以「足以憑信」——黃帝並不是傳說。黃帝就是科學時間的開始，也是華夏文明歷史的開始。華夏文明的歷史並非「將近四千年」，而是五千年，甚至超過五千年。

3　《中華史》是中國作家易中天創作的有關中華民族文明史的三十六卷本歷史著作，二〇一四年由浙江文藝出版社出版。

4　疑古派，亦稱「古史辨派」。「五四運動」以後史學研究中出現的以疑古辨偽為主旨的學派。主要代表人物有胡適、顧頡剛、錢玄同等。因其論文均收集在一九二六至一九四〇年出版的《古史辨》中，故名。他們提出要「打破治古史『考信於六藝』」的傳統見解，主張「離經畔道非聖無法的《六經》論」，認為對於東周以前的史料「甯可疑古而失之，不可信古而失之」。這種疑古精神具有反傳統的意義。但他們只注重研究關於古代歷史傳說的變化，而對歷史文獻持一味懷疑的態度，造成了一定的混亂。見百度百科，網址：https://baike.baidu.hk/item/%E7%96%91%E5%8F%A4%E6%B4%BE/4834111

六
女媧有原型

　　如何找到「帝」星，也就是北極星，現代人的方法是，先找到「仙后座」，因為「仙后座」[1]看上去比較明顯，它是由五顆星組成一個非常明顯的「Ｗ」字圖形（圖25）。

圖25　仙后座星空圖

　　具體的方法是：從①經過②延伸，然後從⑤經過④延伸，二條延伸的線交一個點為⑥，⑥和③鏈接，把⑥和③連接出來的長度向外延伸五倍，五倍以後指向的那個星就是北極星（圖26）。

1　仙后座是一個可與北斗星媲美的星座，其中可以用肉眼看清的星星至少有一百多顆，但特別明亮的只有六、七顆。其中有三顆二等星和二顆三等星構成一個明顯的英文大寫字母「Ｗ」的形狀，開口朝向北極星。

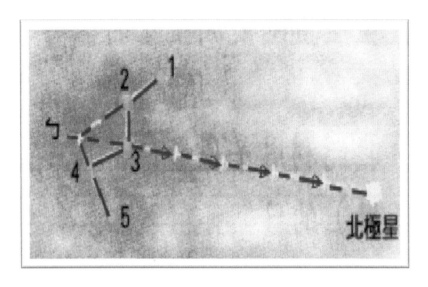

圖26 通過仙后座尋找北極星原理和方法示意圖

　　這個具體的辦法沒有目前還沒有辦法在甲骨文的文獻中得到還原，但是我們在甲骨文中，找到了與「W」字一模一樣的圖形，這個圖形文字就是「屳」字（圖27）。

圖27 「屳」字甲骨文

　　如果這個「吕」字看不清楚，我們來看另外一個字，這個字就通過的「過」。「過」字就是通過「吕」星的象形（圖28）。

圖28　「過」字金文

　　「吕」字在甲骨文中還不只一次出現。女媧[2]和伏羲一樣，在中國的文化裡有太多太多數不清的美麗傳說，包括在曹雪芹的《紅樓夢》裡，賈寶玉乃是女媧補天所剩靈石的轉世真身。

　　「五色石」、「補天」、「創世女神」、「大地之母」、「造人」……，都成了「女媧」的關鍵字。我們有理由相信，女媧的原型就是「仙后

2　女媧，中國上古神話中的創世女神。又稱媧皇、女陰，史記女媧氏，是華夏民族人文先始，是福佑社稷之正神。相傳女媧造人，一日中七十化變，以黃泥仿照自己摶土造人，創造人類社會並建立婚姻制度；因世間天塌地陷，於是熔彩石以補蒼天，斬鼇足以立四極，留下了女媧補天的神話傳說。女媧不但是補天救世的英雄和摶土造人的女神，還是一個創造萬物的自然之神，神通廣大化生萬物，每天至少能創造出七十樣東西。她開世造物，因此被稱為大地之母，是被民間廣泛而又長久崇拜的創世神和始母神。見百度百科，網址：https://baike.baidu.com/item/%E5%A5%B3%E5%A8%B2/6416

座」，通「過」她就可以輕鬆地找到「帝」星。

如果伏羲是「帝」，女媧自然就成了「后」。「咼」星始終保持著五倍的距離以「帝」為中心的軸線不停地旋轉，一天又一天，一年又一年，從沒有離開，也不會分離。直到今年，在晴朗的夜空中，只要你仰望星空，一眼就能看得見她。她是如此的美好，她也是如此的淡定。

七
文化名人周文王

在中華文明史中，與「黃」字、「帝」字、「媧」字精密相關的還有一個重要的文字，這個字就是「王」字。

有「帝」就有「王」，「帝王將相」，「王」也總是跟在「帝」的後面。

從伏羲到三黃，從三黃到五帝，從五帝到夏商周，中國的歷史到了周代，周代出了個「文化名人」名字叫姬昌，史稱周文王。周文王就是《周易》的原創者。這位「文化名人」在伏羲八卦的基礎上，把低版本的先天八卦升級為高版本的後天六十四卦，並且給每卦配上卦辭。

《周易》至今被稱之為「萬經之首」，[1]這位「文化名人」不僅給後人留下了豐富的非物質文化遺產，同時，他還給後人留下了看得見摸得著的物質遺產──「周公測景臺」。

這是本人在現場拍攝的圖片，「周公測景臺」實景圖：作者拍攝於二〇一九年七月二十三日（圖29）。

1　《周易》一書包括《經》和《傳》兩部分。《易傳》是一部戰國時期解說和發揮《周易》的論文集，其學說據說本於孔子，具體成於孔子後學之手。《易傳》共七種十篇，它們是《彖傳》上下篇、《象傳》上下篇、《文言傳》、《繫辭傳》上下篇、《說卦傳》、《序卦傳》和《雜卦傳》。自漢代起，它們又被稱為「十翼」。

圖29 「周公測景臺」實景圖

　　「周公測景臺」[2]坐落在河南登封的告成鎮，是個固定的不能移動的天文測景（影）臺，測影臺的下半部分三角形，四面呈不規則梯

2　周公測景臺，登封天地之中歷史古跡的一部分，中國最古老的道教建築遺址。位於登封市東南十三公里告成鎮觀星臺南側。據《周禮》記載，西周時，周文王第四個兒子周公姬旦在營建東都洛陽時，在這裡壘土圭，立木表來測量日影定出二十四節氣。到了唐開元十一年（723年）著名的天文學家一行進行天文觀測時，命南宮說仿周公的土圭木表換成了石圭石表，距今已有一二〇〇多年的歷史。周公測影臺通高三點九一公尺，由石圭和石表兩部分組成。俗稱「無影臺」，又名「八尺表」，是中國古代立八尺圭測量日影、驗證時令、計年的儀器。用青石製成，石柱為表，臺座為圭。表的頂端為屋宇式蓋頂，南刻「周公測景臺」字。見百度百科，網址：https://baike.baidu.hk/item/%E5%91%A8%E5%85%AC%E6%B8%AC%E6%99%AF%E5%8F%B0/8584945

形，用的是土累起來的圭臺，唐代的時候由原來的土臺土表換成了石臺石表，上半部分有橫桿，橫桿現已不在，重新裝修的時候在上面加一個石制的「帽子」。

「周公測景臺」它的工作原理就是觀察橫桿在圭面上的投影，影子最長的時候為冬至，影子最短的時候為夏至，正所謂「日長日短」回歸年。

我們再來看甲骨文中的「王」字。是不是與「周公測景臺」的外形一模一樣（圖30）。

李約瑟先生在《中國科學技術史》中這樣寫道：

> 農耕民族的君王頒布曆法，而效忠於他的全體臣民加以奉行，這是從遠古時期就連續不斷地貫穿於歷史的主線。[3]

從這段話中我們可以看到這樣的資訊，君王頒布曆法，掌握了曆法就是君王，「王」字與天文曆法有關，從字形上來看，「王」字就是測影臺工作原理和方法的象形。

當代權威甲骨文研究專家林澐先生並不這樣認為[4]，他從甲骨文「王」的造型上看到的不是土堆，而是斧鉞，是有著生殺大權的斧鉞，並由此得出我國古代王權起源於軍事統帥的歷史。

從「王」的字形上來看，是有點像斧

圖30　「王」字甲骨文

3　李約瑟（Needham Joseph）：《中國科學技術史》（北京：科學技術出版社；上海：上海古籍出版社，2019年），第三卷，《數學、天學和地學》，頁171。

4　林澐：〈說王〉，《考古》1965年第6期，頁311-312。

鉞，但是，我們把「王」字的造形與「周公測景臺」實景對照，你是否還相信「王」字是斧鉞的象形。

中國從來就不是一個尚武的國家，修身、齊家、治國、平天下，中華民族從來就是一個以文人治天下的民族，怎麼容得下擁有生殺大權的武人來治理天下。

王道是天下為公，霸道才需斧子。

中華文明的開始，都是從知道季節開始的，知道了時間的輪迴往復，在說文解字中，許慎對「王」字的解釋，王：天下所歸往也。董仲舒曰：「古之造文者，三畫而連其中謂之王。三者，天、地、人也，而參通之者王也。」孔子曰：「一貫三為王。」凡王之屬皆從王。李陽冰曰：「中畫近上。王者，則天之義。」這些解釋顯然帶著哲學、倫理和政治化的色彩，脫離了「王」字最初的天文學起源。

中國古籍中記載著大量的關於伏羲的文獻，聞一多先生還專門寫了一篇大論文《伏羲考》[5]，聲稱伏羲就是最早的「王」，「三王之首」、「百王之先」。照古籍記載，我們還會發現還有一個有趣的現象，雖然「三黃五帝」的版本各不相同，但是伏羲的名字總在其中，並且排名第一。

伏羲乃「王之天下」，伏羲就是最早的「王」，伏羲就是用土堆這看似簡單的裝置，讓我們人類知道了時間的概念，知道了天地運轉的規律。

把代表時間「王」字刻寫在石頭上，那塊石頭就成了「玉」，從玉璋到玉佩，從玉佩到再到玉璽，都是帝「王」者身份的象徵，哪裡找得到斧鉞的身影。

5　聞一多：《伏羲考》（上海：上海古籍出版社，2009年）。

八
夏至和冬至

　　如果你認為僅用「用」字、「授」字、「朕」字、「黃」字、「帝」字、「吊」字和「王」字來下結論，認為漢字起源於天文學，來自科學時間方法和原理還為時過早的話，接下來，我們就從科學時間這條主線來繼續探討更多的甲骨文字。

　　與「王」結構非常接近的是「至」字（圖31）。《說文》中是這樣說解的，「至：鳥飛從高下至地也。從一，一猶地也。象形。不，上去；而至，下來也。凡至之屬皆從至」。我們從字形上來看，這種解釋似乎沒什麼問題，但是，冬至夏至和鳥飛鳥落並沒有直接的關係，如果用物候來解釋，這隻鳥可能是燕子，但是燕子只是春天的信使，與夏冬至無關。有些研究多年的專家學者們已經產生了懷疑，認為許慎可能搞錯了，那不是鳥，是箭頭，可是箭頭和「至」字又有什麼關係呢。

　　我們還是從時間入手，科學時間來自立竿見影，是伏羲通過立竿見影取得的對太陽運行規律的認知，上下二個極點就是夏至和冬至，中間就是春分和秋分，從夏至到冬至，從冬至到夏至，周而復始，一年又一年，從不間斷，也不會改變。但是，由於地球的自轉使得太陽在地球上的垂直投影並不是直線的，它所呈現出來的是「8」字形，是立體的，是三維的。

圖31 「至」字甲骨文

　　「至」字就是「8」字的一端向「至」方向移動的象形，表達的就是太陽垂直投影以曲線的方式相切於「至」點。

　　此圖（圖32）是曹書敏先生用立竿見影的方法，通過一年（至少一年）的時間不間斷記錄了太陽在告成鎮正午時間的路線。「8」字上

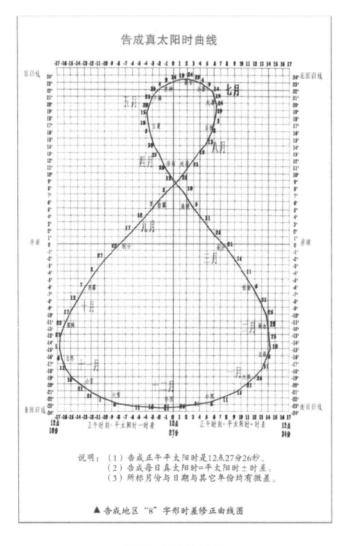

圖32　曹書敏繪製

下二個極點就是夏至點和冬至點。如果仍然把甲骨文的「至」字看成「鳥」話，在「花園莊東地」甲骨中還有倒立的「至」字，「鳥頭」朝上。現在我們用太陽投影到達「至」點來解讀，不僅說得過去，而且非常合理，不僅相切，而且有上有下。

　　「至」字甲骨文就是日影到達「至」點原理和方法的象形。

　　至真、至善、至尊、至愛、至美。與「至」字組詞的漢語語境，意思是要我們把真、善、尊、愛、美發揮到「至」點，保持在最佳狀態，這裡哪有什麼鳥的影子。

九
時間離不開空間

　　上面說到，時間離不開空間，「舟」字本身就是「時」字，「時」字本身就包含了「時間和空間」，時間就是日影在空間移動的軌跡。

　　「天圓地方」[1]，有人據此認為，中國古人並不知道地球是圓的。其實「天圓地方」是哲學概念，是認識時間和空間的原理和方法。天的意思是時間，因為時間是圓的，周而復始，地的意思是方位，四面八方，是空間。夏至冬至、春分秋分是時間，上北下南、左西右東是空間。

　　時間可以通過立竿見影，那麼空間方位又是通過什麼方式來測定，我們來看下面的文獻。

　　《周髀算經》卷下對指南針的描述為：

> 以日始出，立表而識其晷，日入複識其晷，晷之兩端相直者，正東西也。中折之指表者，正南北也。

　　在《淮南子》〈天文訓〉中寫得稍加具體：

> 正朝夕，先樹一表東方，操一表卻去前表十步，以參望，日始出北廉，日直入。又樹一表以東方，因西方之表以參望，日方

1　天圓地方是陰陽學說的一種體現。陰陽學說乃其核心和精髓。陰陽學說，具有樸素的辯證法色彩，是古代先哲們認識世界的思維方式，幾千年的社會實踐證明瞭它的正確性，「天圓地方」是這種學說的一種具體體體現。見搜狗百科，網址：https://baike.sogou.com/v3598516.htm

入北廉，則定東方。兩表之中，則，與西方之表，測東西之正也。日冬至，日出東南維，入西南維；至春、秋分，日出東正，入西中。夏至，出東北維，入西北維，至則正南。[2]（圖33）

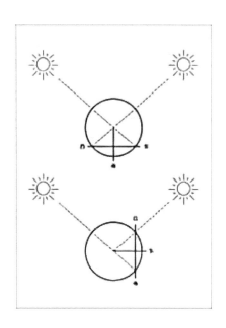

圖33 轉自馮時《中國天文考古學》

這段文字雖然有缺字之嫌，但是有一點是可以肯定的，那就是，借助「立竿見影」不僅可以「正」時還可以「正」方位。

只有找到正南方，使圭表「坐南朝北」，這是安置圭表的重要一步，只有這樣，所觀測到的「至」點才能準確。「南」字的甲骨文（圖34），正是圭表「坐南朝北」的象形。

---

2 圖片和文字皆轉注於馮時：《中國天文考古學》（北京：中國社會科學出版社，2010年）。

　　說到圭表，目前保留完整規格最大的圭表是郭守敬「觀星臺」。「觀星臺」本人多次「到此一遊」，這是最近的一次，時間拍攝於二〇二二年七月二十九日。與以往不同的是，這次現場的人比過去多了起來，有很多中小學生在老師的帶領下參觀訪問（圖35）。

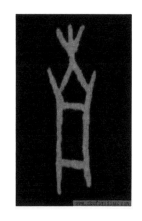

圖34　「南」字甲骨文

　　郭守敬「觀星臺」[3]和「周公測景臺」同在一個地點，只是建造時間不同，二者相差只有二十多公尺。

　　與「周公測景臺」一樣，來來往往的遊客並沒有人給他們介紹這些古代遺跡的工作原理和方法，而所介紹的內容大部分都是人文思想愛國情懷，更沒有人通過實物介紹科學時間方法和原理。

　　與眾不同的是，曹書敏先生幾十年如一日，長期在現場觀察測量和計算，並且得出大量的數字，用科學的方法還原「觀星臺」的工作原理。

　　這裡有曹文敏先生的現場工作照。我們就是在觀看的過程中，發現了與時間有關的甲骨文字。

　　我們文章的開頭提到的「用」字，如果你還不夠清楚的話，接下來我們只要在圖片上畫上幾根線，「用」字的字形就會一目了然。與

3　郭守敬「觀星臺」，位於河南省鄭州市登封市東南十三公里告成鎮。由天文學家郭守敬於至元十三年至至元十七年（1276-1280）主持建造。「觀星臺」由盤旋踏道環繞的臺體和自臺北壁凹槽內向北平鋪的石圭兩個部分組成，臺體呈方形覆門狀，四壁用水磨磚砌成。觀星臺北側的石圭用來度量日影長短，所以又稱「量天尺」。觀星臺是科學、宗教與政治相互作用的產物，因其獨特的設計而成為元代天文學高度發達的歷史見證。一九六一年三月四日，觀星臺被中華人民共和國國務院公佈為第一批全國重點文物保護單位。二〇一〇年八月一日，包含觀星臺在內的登封「天地之中」歷史建築群被列為世界文化遺產。

圖35 郭守敬「觀星臺」實景圖

「用」字結構相同的甲骨文還有「同」字、「古」字、「穀」字的字形結構同樣會清晰明確。從「古」字入手，我們還會發現與「古」字有相同元素的「口」字、「周」字、「器」字、「史」字、「事」字等等，這些象形文字資源結構都將浮出水面。

請看圖，「舟」字就躺在圭表上，在「舟」字中間插上一根立竿見影的「卜」字就是「用」字。我們再次確認，「用」字的就是用立竿見影的方法和原理來測量時間的象形（圖36）。

「舟」字躺在圭表上，與甲骨文的字形一模一樣，上一橫為夏至，下一橫為冬至，中間一橫是春分和秋分。在甲骨文中，有的就畫二橫，有的畫四橫。在這「觀星臺」的圭表上，刻了很多道橫線水槽，那是因為，「二分二至」已經滿足不了人民日常時間的使用，在這塊圭表上，我們不僅能夠看到「二分二至」，還能看到「二十四節」。這塊圭

圖36　曹書敏先生現場「量天時」工作

表（俗稱量天尺）的長度達到長約三十二公尺，圭表高度達到九點八一公尺（圖37）。

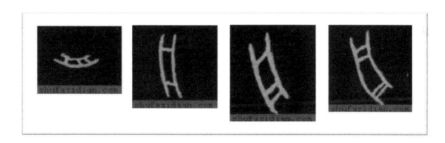

圖37　時間之「舟」甲骨文

　　請注意，此「舟」非「水之舟」而是「天之舟」，如果你實在認為是「水之舟」那也行，因為「舟」的二道邊線下面是水槽，不過我要告訴你的是，你到現場就會發現這水槽不是用來行「舟」的，而是用來注水，注水的目的是為了保證圭面處於水準狀態。

　　我們再回到圖片中來，這裡有二個重要的細節需要說明，請看圖片上端白色圓圈的部分（圖40），「表」的部分不是一個直立的竿子，而是一條橫桿，「觀星臺」在郭守敬建立的時候只有一條橫桿，橫桿二邊的小房子是在明代的時候重新裝修時加上去的，上面一橫是二邊的屋簷相近產生的錯覺，並不是用來測影的「表」，中間的那一橫才是，很多書上圭表投影的示意圖，只畫了一個點，如果只是一個點，投影投到圭表上是沒有辦法確定的，只有一條橫桿，投影到圭表的圭面上，與圭面垂直，這樣才會出現「舟」字的造形。

　　我們在前言部分提到的「朕」字，「朕」字是手持立桿測「舟」的象形，「朕」是皇帝的自稱，看來時間還真掌握在「朕」的手裡。與「朕」字意義相同的還有一個字，這個字是「禦」字。「禦」字也是皇帝的自稱，我們來看「禦」字（圖38），「禦」的甲骨文乃是一個人跪在地面看「子午線」的象形，「子午線」就是「子」和「午」二個點連成一條線，這條線就是一條正南正北的線，圭表必須與「子午線」重合，這樣得到的時間才會準確。

　　「觀星臺」的結構看起來簡單，都是具體操作起來不是那麼容易，建造這樣規格的「觀星臺」需要非常高深的科學知識，除了基本的天文學知識以外，它需要極高的數學天文物理的知識來支撐，想要得到更加準確的科學時間，僅僅靠肉眼是不夠的，需要「小孔成像」原理的「影符」[4]，需要四則運算的方法，需要三角函數，需要畢氏定理，還需要用「影差平移法」的方法計算出「二至」到達的精準時間。

　　而這些科學方法都是為科學時間服務的，換個角度來說，因為人類需要科學時間，從而誕生了天文學、數字、物理學甚至化學、生物學……。從加減乘除到微積分，從微積分到圓周率，中國的上古科技

4　立竿測影的利用景符設計方法，光學中微孔成像原理顯示橫樑的投影，類似近代儀器中的微讀裝置。

就是在科學時間的背景下發展起來的。

　　今天的高等教育文科、理科界限分明，文科的不懂「割圓術」，理科的不知「水之舟」，作為文科教育背景的我對理科的知識也只能做簡單介紹，在短時間內強化學習也很難達到理工的本科水準，之所以本人還懂一些這方面的知識，那是因為本人的本科專業是「藝術設計」，而這個專業在我母校當年招生的時候為「文理兼招」，當年的專業試卷上就有立體、透視、三角函數內容。之所以談論這些，是因為在伏羲時代是不分文科、理科的，今天一講到漢字就會想到與理科無關，一講到天文就與文科無關，教育的缺失正阻礙著我們對上古文明特別是科學時間的研究。在伏羲時代，哪有文理之分，即使到了宋代，沒有強大的人文背景是不可能出現象郭守敬那樣精通天文的科學家的。

　　我們再來看「口」字，甲骨文的「口」字就是太陽在「表」的橫桿上視運動的象形（圖39）。

圖38　「禦」字甲骨文

圖39　「口」字甲骨文

　　太陽就是通過這個「視窗」，把橫桿影子投射到圭面上，對照甲骨文的「口」字，看上去是不是一模一樣（圖40）。

　　「口」字不是孤立的，在甲骨文中，「口」字大量出現，並且出現多種組合，都是與太陽以及天體的視運動有關。

圖40 「口」象形示意圖

　　我們來看「同」的甲骨文（圖41），「同」字是時間之「舟」與太陽視運動「口」字的組合，表達的就是時間是相同的，「同」時的意思。

　　我們來看「古」字甲骨文（圖42），太陽視運動「口」的反方向就是「古」字。當我們看到太陽那一刻，太陽運動的背後以及背後的背後都是「古」時，「古」時有「上古」、「中古」和「遠古」，無論有多「古」，「古」時已經成為「古時候」。

　　時間就是在太陽視運動的過程中展現出過去、現在和未來。

　　我們再來看「谷」字甲骨文（圖43）。

　　天上的飛機，飛機雖然飛走了，會留下一個飛行軌跡，這個軌跡我們的肉眼看不見，但它的確存在。飛機的飛行員就是通過導航儀錶沿著設定好的飛行軌跡飛行。

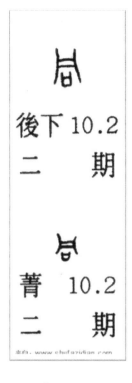  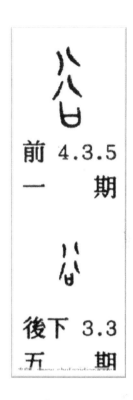

圖41　「同」字甲骨文　　圖42　「古」字甲骨文　　圖43　「谷」字甲骨文

　　「太陽谷」，要表達的意思正是太陽沿著設定好的軌跡飛行。與飛機不同的，我們雖然能夠畫出太陽視運動的軌跡，但是並不知道是誰設定的軌跡。設定這個軌跡的也許就是「太陽神」吧，可是「太陽神」又住在哪裡呢？他又是怎麼設定的呢？思考這樣的問題就會把科學帶到神話時代。「夸父追日」是中國歷史中第一個追趕太陽後來被神化的人。直到今天，我們人類還在探索，神話有原型。

　　「科學解決不了心靈的問題」。思考這樣的問題使得華夏文明由科學時代進行了哲學時代。「諸子百家」就是華夏文明進入哲學時代的標誌，在這個時代，每位思想家都有自己與眾不同的答案。

　　與近現代西方相同的是，西方在近幾百年來科技迅速發展，卻滿

足不了人們的心理問題，以盧梭、拜倫、托爾斯泰這些哲學家為代表，他們抱怨工業文明的發展導致心靈的墮落。

　　歷史有驚人的相似，只是西方的哲學與中國哲學的演進畢竟還是有所不同。

十
正史與偽史

　　如果你輸入「史」和「事」字進入「書法字典」，「史」、「事」不分，「史」是歷史的「史」，「事」是時事的「事」，歷史都是事件組成的，不論是歷史還是事件，都是建立在科學時間的基礎上，沒有時間的「事」只是個「傳說」，構不成歷「史」。

　　「事」和「史」甲骨文結構就是手持筆桿穿過「口」字的造型（圖44）。

　　最近幾年，出現好幾本著作，指出西方的歷史是偽造的，比較代表的著作有何新的《希臘偽史考》[1]，黃河清主編的《歐洲文明史察疑》[2]，董並生的《虛構的古希臘文明——歐洲「古典歷史」辯偽》[3]，還有諸玄識的《虛構的西方文明史——古今西方「複製中國」考論》[4]，他們不僅出版著作而且還開會，開學術研討會。「西史辯偽與中華

圖44　「事」字甲骨文

1　何新著：《希臘偽史考》（北京：北京日報出版社〔原同心出版社〕，2013年）。

2　黃河清著：《歐洲文明史察疑》（北京：中國大百科全書出版社，2021年）。

3　董並生著：《虛構的古希臘文明——歐洲「古典歷史」辯偽》（太原：山西人民出版社，2015年）。

4　諸玄識著：《虛構的西方文明史——古今西方「複製中國」考論》（太原：山西人民出版社，2010年）。

文化復興」研討會屬於民間行為，並沒有得到官方認可，也沒有得到反對者的積極回應。

北京大學李零教授指出，中國人把「立史記事」當文明的標誌。在中國，文化到處都有，有三星堆文化、龍山文化、良渚文化、大汶口文化、馬家窯文化、大溪文化、興隆窪文化……，這些都是文化，而文明只有一個，那就是華夏文明，因為只有華夏文明有「立史記事」的傳統。

西方的上古史，並不是當時寫的，而是後來人根據華夏文明的歷史後補的。至今為止，不僅在古希臘文字還是在埃及文字以及瑪雅文字中，並沒有發現授時系統，在他們的文化遺址中，也沒有發現「國家授時中心」的蹤影，沒有天文臺沒有天文儀器，他們還不具備科學時間的條件，相反，如果證明他們的文化是文明，那就必須找到他們古人科學時間的原理和方法。

反對「西方偽史」的人好像越來越多，除著作外，在網路中也有，比如微信公眾號「陳大漓」，都是為反對而反對，文章內容只是系統講述曆法的常識，並不能還原科學時間的原理和方法，更不能把這些原理和方法同上古文字聯繫起來，從而失去了對文字、對文化、對文明本質的研究。

「立言記事」需要載體，華夏文明「立言記事」的載體，從甲骨文到金文，從金文到竹簡，從竹簡到帛書，從帛書到草紙，一路走來，歷歷在目，看得見摸得著，而西方的歷史都是寫在中國人發明的紙上，而紙的歷史還不到二千年。二千三百前年的「亞里士多德」[5]

5 亞裡斯多德（西元前384-前322年），古代先哲，古希臘人，世界古代史上偉大的哲學家、科學家和教育家之一，堪稱希臘哲學的集大成者。他是柏拉圖的學生，亞歷山大的老師。西元前三三五年，他在雅典辦了一所叫呂克昂的學校，被稱為逍遙學派。馬克思曾稱亞裡斯多德是古希臘哲學家中最博學的人物，恩格斯稱他是「古代

卻把文章寫在二千年後的紙上，而且「著作等身」，如果他不能穿越，那肯定是後人偽託的。

「懷疑是對的，懷疑一切是不對的」，這群「膽大妄為」質疑西方偽史的人物竟然大膽質疑金字塔也是假的，是水泥做的，是現代人的偽製。偽製要有原型，如果真的是偽製，那麼金字塔的原型又是從哪來的呢？木乃伊難道也是偽造的嗎？

西方的古史就是仿製，仿製的原型就是華夏文明史，正所謂《極簡古代埃及史──深度揭秘法老王朝三千年興衰史》、《二河文明三千年》、《恒河三千年》、《瑪雅三千年》、《耶路撒冷三千年》都是仿製中國的歷史，都是按中國的歷史進程仿製的。

他們的文化是真的，文明才是假的。

在華夏文明的眼裡，其他「三大文明」只能叫「三大文化」，他們還配不上「文明」。

無底線的質疑本身就不夠文明。我們否認埃及的文明，並不代表否定它的文化，埃及的文化遺址實實在在，不論他們的力學還是他們的醫學都是現代人無法做到的，他們的文化遺址宏偉壯觀，比散落在中原大地上任何一處文化遺址都要強大。我們需要用「實事求是」的態度，用科學原理和方法努力去破譯這些文化中的秘密，而不是為了所謂的民族自豪而全盤否定。

的黑格爾」。作為一位百科全書式的科學家，他幾乎對每個學科都做出了貢獻。他的寫作涉及倫理學、形而上學、心理學、經濟學、神學、政治學、修辭學、自然科學、教育學、詩歌、風俗，以及雅典法律。亞裡斯多德的著作構建了西方哲學的第一個廣泛系統，包含道德、美學、邏輯和科學、政治和玄學。見百度百科，網址：https://baike.baidu.com/item/%E4%BA%9A%E9%87%8C%E5%A3%AB%E5%A4%9A%E5%BE%B7/26769

十一
周與四分曆

　　與「口」字精密相連的還有一個字，這個字就是「周」字，夏商周的「周」，周文王的「周」，這個「周」字在華夏文明史上怎麼也繞不過去。

　　在陝西歷史博物館的櫥櫃裡，一個甲骨文的「周」字被特意放大（圖45），「周」字下面的說明文字為：

圖45 陝西歷史博物館櫥窗裡展示的「周」字

　　商朝甲骨文中的「周」字，像是一片劃分成若干方田的土地，是指一個農業發達的地區，周族即以其善於農耕而得名。

可是在周代，「周」字卻是這樣寫的，這是周代著名的「毛公鼎」上的「周」字（圖46），下面多了一個「口」字。在「虢季子白盤」上「周」字的銘文中也是這樣寫的，還有著名的「大盂鼎」、「四十三年逨鼎」上「周」字都與「毛公鼎」相同。「周」字的結構都是在甲骨文「周」字下面多了一個太陽視運動的「口」字，但是在上半部分四個方塊又中缺少四個點，看上去似象非象，而只有在「散氏盤」中，「周」字的上半部分與甲骨文的「周」字一模一樣（圖47）。

圖46〔周〕毛公鼎銘文的「周」字　　圖47〔周〕散氏盤銘文的「周」字

問題來了，甲骨文是周代以前的，周代使用的文字是金文，雖然在「周原」發現了甲骨文，但都是似是而非，不成體系，商代甲骨文中雖然有「周」，那不可能是「周代」的意思。

我們再來看另外一個字，這是「散氏盤」銘文中的「實」字，實際的「實」，求實在的「實」字（圖48），「實」字的繁體字至今還是這樣寫的。

這個「實」字讓我們想起在曆法中有一個重要的專業名詞——「歲實」。

　　連續兩次測出最長日影（冬至）或最短日影（夏至）之間所經歷的時間，得到了一年的時間長度，這個時間長度就是一個回歸年的長度，古代稱之為「歲實」。

　　《後漢書》〈律曆志〉云：

　　日發其端，周而為歲、然
　　其景不變。四周，千四百
　　六十一日而景復初。是則
　　日行之終。以（4）周除
　　（1461）日，得三百六十
　　五又四分日之一日，為歲
　　之日數。

圖48　〔周〕散氏盤銘文的「實」字

周而為歲，一周就是一歲，一歲就是一年，一年等於三六五點二五日就是用這種方法算出來的。

　　○點二五，是一的四分之一，一日四分，所以古稱「四分曆」。「四分曆」的創制和運用，集中體現了古代中國人的聰明才智和天文曆法水準，在世界範圍內具有非常寶貴的價值。

　　甲骨文「周」字的字形正是「四分曆」「實」的象形（圖49）。

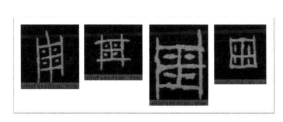

圖49 甲骨文的「實」字

在陝西歷史博物館櫥窗裡面的「周」字並不是「周」字，而是「實」字。在「實」字下面加上一個「口」才是「周」字。

《四分曆》定「歲實」為三六五點二五日，雖然較為精確，但與當時實際的歲實三六五點二四二三相比，畢竟大了○點○○七七日，這個誤差看起來不算大，但是一年就會大出○點○○七七日，那麼一百年就大了○點七七日。這樣久而久之，就必然發生曆法比實際天象來得晚的現象。一直到東漢末年的劉洪才認識到這是由於《四分曆》歲實太大的緣故。所以，在他制訂的《乾象曆》中，首次將歲實減小，即三六五點二四六一八○日，這樣我國古代曆法的精度又提高了一步。

歷史不是一天完成的。伏羲雖然發明瞭科學時間的原理和方法，但與現在相比還不夠精確，中國的曆法是在不同時代不斷完善的，所謂「三黃五帝」就是「羲祖」一代又一代傳人，完善的曆法所使用的時間跨越了好多個世紀。

《周髀算經》原名《周髀》，算經的十書之一，是中國最古老的天文學和數學著作，約成書於西元前一世紀，主要闡明當時的蓋天說和四分曆法。唐初規定它為國子監明算科的教材之一，故改名《周髀算經》。就是這樣一本天文學和數學，至今對它的成書年代和名稱的由來爭議不斷。

「卑」是「實」字中間一豎拉長，下面加上一個「又」字（圖50），「實」是○點二五，那麼○點二五後面有是多少呢？○點二五後面的數字與○點二五相比處於「卑」位，但是對於科學時間來說，越「卑」越科學，越「卑」越精確。《周髀算經》的內容就是怎樣計算更加精確的時間，如果我們的論述成立的話，《周髀》應該讀成《實卑》，《周髀算經》應讀成《實卑算經》。

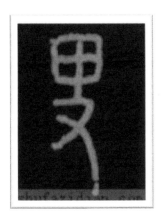

圖50　「卑」字甲骨文

　　人類只有進入了心靈時代才會有了鬼神。與「實」字字形相同的還有一個字，這個字是「鬼」字甲骨文（圖51）。「四分曆」是需要計算的，計算需要人的腦子。「鬼才」、「鬼點子」應該才是「鬼」字的最初創意。

圖51　「鬼」字甲骨文

十二
陰陽八卦的起源

　　在大多數的認知中，文字是倉頡創造的，伏羲創建了「陰陽八卦」。

　　與漢字起源眾多的說法不同，「陰陽八卦」是伏羲創建的，這個說法至今沒人反對，儘管伏羲後來被神話，伏羲也是擁有「陰陽八卦」專利的唯一合法人選。伏羲是中華民族的文明始祖也是公認的。但是，「陰陽八卦」的原理是什麼？伏羲用的是什麼方法？「陰陽八卦」的原理和方法至今象伏羲的神話一樣撲朔迷離，歷朝歷代所有文獻中對「陰陽八卦」知識體系的認知都是從認識論入手，並沒有具體的科學原理。

　　但是，萬事總有個例外，在一九九二年田合祿先生發表了一篇論文，論文的題目是：《論太極圖是原始天文圖》。論文的開頭這樣寫道：

> 太極一詞，首見於《系辭》，但無圖形。直到宋代才由陳摶傳出太極圖。古太極圖原無文字說明，只是一大圓圈內含兩條陰陽魚，陰陽魚又各畫一隻魚眼。筆者認為，太極圖是遠古時代古人立竿測日影以辨四方、冷熱的產物，是一種原始的天文圖。太極圖雖畫的是平面圖，而實質是古人立竿測日影所得的太陽視運動立體投影圖……。[1]

1　田合祿：〈論太極圖是原始天文圖〉，《晉陽學刊》1992年第5期，頁23。

寫完這段之後，田合祿先生還畫了幾張示意圖，但是看不清楚，我們來看另外一張圖（圖52）。

這張圖是河南登封曹書敏先生通過「立竿見影」模擬古人的操作而繪製的，從繪製的結果來看，陰陽二極幾乎等同於現在太極圖，太極圖從陳摶開始到今天畫法雖然有很多種類，但是基本構形並沒有改變。

我們從這張圖來看，田合祿先生的論證基本正確，有圖有真相。曹書敏先生同時還畫了另外一張圖（圖53），我們稍微研究一下，就會發現，「陰陽八卦」並不神秘，陰陽圖的本體是立體三維的，而八卦只是把陰陽三維的立體圖轉化為平面，它們是一體二面。「陰陽八卦」就是通過立竿見影繪製的投影運行圖，這是伏羲的偉大之處，他就是通過立竿見影發現了時間在空間中運行的秘密，並以此開創了中華文明的偉大進程，使得中華文明從一開始就非常科學，因為他所探索的是時間在空間中的運行規律，是太陽運行的自然法則，是宇宙奧妙的資訊系統。

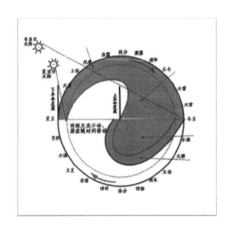

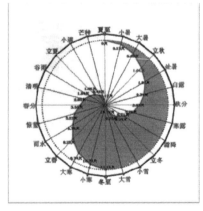

圖52 曹書敏先生繪製　　　　　圖53 曹書敏先生繪製

　　在甲骨文中，我們找到了「陰陽八卦」的繪製圖形（圖54），這個圖形呈現的就是「陰陽八卦」的原理和方法，或者說是繪製「陰陽八卦」記號。今天我們在解讀甲骨文的時候，很多字無從下手，那是因為甲骨文中很多「字」不是「字」，而是「圖」，是圖形，文字是圖形固化後的結果，如果我們在認知甲骨文的過程中，只從文字外形出發，不瞭解原理和方法，很多情況下，只能「望文生義」，如果從圖形出發，雖然不能對應每一個字，但是能夠掌握圖形的繪製方法，從而掌握古人所要表達的原理。

圖54　甲骨文中手持立桿繪製陰陽的象形

　　說到對「望文生義」，有一個非常典型的案例，有一個在華夏文明也是非常重要的字，這個字就是「祖」字，祖先的「祖」，祖宗的「祖」。

　　「天文祖，人文先」，這也是北京大學李零教授的語錄。天文講祖制，人文才講先後，如果我們稱伏羲是「人文始祖」，這句話就有問題。伏羲時代，還沒有「人文」，從「天文」到「人文」是中國文

化的重要轉型,「周文王」就是轉型期的關鍵人物。在周代之前,人連姓氏都沒有,怎麼談得上「人文」。是周文王讓我們每個人有了姓氏,有了姓氏才有了家庭,有了家庭才有了「三綱五常」,有了「三綱五常」才有了「仁義禮智信」,「人文」就是在「天文」的基礎上轉型發展起來的。周文王不姓周,周文王姓姬,名字叫姬昌,與姬字相同的姓還有薑、姒、嬴、妘、媯、姚、姞……。這些姓氏的共同特徵都有一個「女」字旁。「女」字在甲骨文中並不是「女人」的意思,「女」字在甲骨文中的意思是「始」,是開始的「始」,是始終的「始」,科學時間有「開始」也有「終止」。

十三
我們來看「祖」

　　「少兒不宜」，這個字被一位當代「文化名人」解讀為男人的「根」（圖55），他認為「根」是根本，「根」是我們的祖宗。他不僅視「祖」為「根」，而且視八卦為「生殖器」，並且肯定伏羲只是神話性的傳說。

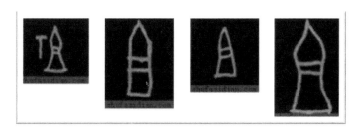

圖55　「祖」字甲骨文

　　伏羲畫卦在《易傳》上本來是有明文的──「古者包義氏之王天下也……於是始作八卦。」但這明明是神話性的傳說。

　　八卦的根柢我們很鮮明地可以看出是古代生殖器崇拜的孑遺。畫一以像男根，分而為二以象女陰，所以由此而演出男女、父母、陰陽、剛柔、天地的概念。[1]

如果從人類學出發，我們需要繼續追問，這條「根」是誰的「根」？這條「根」的主人又是從哪裡來的？這位「文化名人」尋根問祖一

---

[1]　郭沫若：《中國古代社會研究》（北京：人民出版社，1954年），頁23。

生，著作等身，並沒有給出明確的答案。

時間怎麼來的，我們在上述的文章已經有了明確的答案，科學時間就是通過「立竿見影」在空間移動中得到的。科學時間有始有終，有長有短。科學時間不是把自己包裝成「文化名人」拿著國家特殊津貼坐在家裡自說自話得來的，科學時間需要實踐。

> 笛卡爾說，可以獲得一種對生活非常有益的知識，找到一種實踐哲學來代替學校中所講授的思辨哲學，借助實踐哲學，就可以像瞭解手工業者的各種職業一樣，清楚地瞭解火、水、空氣、星球以及周圍的其他一切物體的力量和作用，這樣就能在一切適合的地方利用這些力量和作用，從而使自己成為自然的主人和佔有者。[2]

科學時間需要原理和方法，要想得到科學時間還需要技術，需要相關的儀錶和儀器。方法加技術就是我們古人所說的「方術」。

這二件關乎天文的「方術」網購於「淘寶」，來自「北京天文館」官方定制的文創產品——日晷和圭表（圖56）。

左邊的是日晷，放在太陽底下就可以看出白天的時間，右邊的是圭表，放在太陽底下就可以知道一年二十四個季節，郭守敬的「觀星臺」就是放大了的圭表，其原理和方法是一樣的，如果我們把圭表上的「舟」字與日晷的斜面組合，這個字就是「祖」字。

「祖」字就是「祖」制（圖57），祖宗留下「祖」制就是時間科學的制度，作為「天文始祖」的伏羲他留下來的天文制度至今沒有改變，以後也不會改變。

2　馬克思：《資本論》（北京：人民出版社，2004年），第一卷，頁428。

圖56　日晷和圭表實物圖

圖57　日晷和圭表組合形成的
「祖」字甲骨文

　　如果你已經購買了日晷和圭表，在使用過程中有幾個細節需要說明。

　　一、日晷的角度是可以調整的，指針必須指向北極星，複雜一點的辦法就是晚上先找到女媧星座，然後通過我們介紹過的方法找到北極星，簡單的辦法就是把它的夾角調整到你所處的地理緯度。

　　二、圭表必須與子午線平行，我國大部分地區都在地球的北半球，所以圭表必須「坐南朝北」（不是坐北朝南，影子朝北），讓午時的影子投射到圭表的圭面上，這樣才能得到相對正確的時間。

　　當然，如果你僅僅憑肉眼觀察，時間會誤差在十五分鐘以內，如果你想得到更加準確的時間，那就需要更多的技術和計算方法。科學精準的時間就是這樣一步一步發展起來的，今天的科學時間已經發展到「衛星」定位，得到的時間已經進入「納秒」[3]。

3　納秒是一種時間單位，相當於一秒的十億分之一，即等於十的負九次方秒；光在真空中一納秒僅傳播○點三公尺，個人電腦的微處理器執行一道指令，如將兩數相加則約需二至四納秒，一種罕見的亞原子粒子即K介子的存在時間為十二納秒。一秒等於

「沒有用不上的時間，只有不夠用的時間」。說這句話的人是來自西安臨潼，來自「北京時間」的誕生地，來自「國家授時中心」的主任張首剛[4]。「國家授時中心」副主任竇忠在他編著的《時間科學館》結束語中這樣寫到：

> 從「立表見影，視影知時」的太陽鐘，到「燒香知夜，刻燭驗更」的香鐘，再到「孔壺為漏，浮箭為刻」的水鐘，再到「弦輪密運，機巧精妙」的機械鐘，一直到「原子振盪，穩定精準」的原子鐘，「宇宙燈塔，太空時鐘」的脈衝星鐘，計時原理也先後經歷了「太陽運動—物理現象—機械振盪—地球自轉—原子振盪—射電脈衝」等幾個過程。在這個進程中，天文和物理的技術、巨集觀和微觀的方法相互交替，螺旋式上升，不斷推動計時技術的進步與發展。人類計時精度在不斷刷新，近七百年來，計時精度以指數曲線上升，特別是近半個世紀以來，更是以每七年一個數量級的速度在提升。我們發現，人類在時間測定技術方面的研究，始終站在科技發展潮頭，每一個時代的計時儀器，都代表著那個時代最高的科技水準。[5]

人類對時間的測量，亙古至今，孜孜以求，不斷追求時間測量精度的極限。人類正是沿著「羲祖」的制度向著更加精準的時間走向未來。

一千毫秒、一毫秒等於一千微秒、一微秒等於一千納秒、一納秒等於一千皮秒、一皮秒等於一千飛秒。見百度百科，網址：https://baike.baidu.com/item/%E7%BA%B3%E7%A7%92/33 95687

4 這句話是他在中央電視臺《開講啦》欄目中說出來的。「時間分科學時間，哲學時間和人文時間」也是他在這次演講中說出來的。張首剛，物理學博士，研究員，博士生導師。現任中國科學院國家授時中心主任、中國科學院時間頻率基準重點實驗室主任、中國科學院博士生導師。

5 竇忠、劉永鑫：《時間科學館》（北京：科學出版社，2021年）。

十四
日晷中有漢字

除了「祖」字以外，我們在日晷中發現更多的漢字。

象形、會意是漢字「六法論」中最重要的二種造字方法，「六法論」是許慎首先提出來的，到目前為止，也遭到有些專家學者的質疑，具有代表性的是唐蘭先生，他在《中國文字學》中對「六書說」提出了批判，他認為漢字只有「三書說」，他還建立了一個新的系統，一是象形文字、二是象意文字、三是形聲文字[1]。

但是，我們認為，「形」和「意」是一體的，是不能分開的，因為萬事萬物沒有絕對的象形。一個圓形，可以認為是太陽的象形，也可能認為是地球的象形，還可以被認為是太陽和地球的運動軌跡。從形到意，從意到形，每一個漢字從一開始就是形意結合的。

皇：「王」作為一個測影臺，在測影臺的上方畫了一個帶有方向性的太陽，這就是「皇」字，如果沒有太陽自然沒有四時之「王」，形和意相結合，所以「皇」比「王」大（圖58）。

在中國的歷史上，和周文王齊名的還有一位重量級的人物，他就是秦始皇贏政。

贏政當上了皇帝之後，不僅統一度量衡，

圖58 「皇」字金文

1　唐蘭：《中國文字學》（上海：上海世紀出版集團，2012年），頁61。

也統一了漢字。以小篆形體統一古漢字的造形雖然在政治學上具備了意義，但是離漢字的源頭卻越來越遠了，而《說文解字》只是以小篆為範本，又怎麼能談得上正本清源。

說到秦始皇，「焚書坑儒」可能被冤枉，為什麼叫「嬴政」，我們從「嬴」字的結構上看到了蛛絲馬跡，他想切斷上古史，讓中國的歷史從「嬴政」開「始」，這可能才是秦始皇「歷史罪人」的擔當。在中國歷史上還有所謂的「王莽新政」和「太平天國」，[2] 失敗的主要原因可能也是想在歷史上動點手腳。

歷史誰也切不斷，不論你是哪位王侯將相，獨領風騷，歷史的車輪需要科學時間的延續，延續歷史需要更加精準的曆法。

這張平面圖（圖59）是根據一八九七年在內蒙古自治區托克托縣出土的漢日晷而繪作的，這是考古發現的中國現存的最早的日晷，是研究古代計時儀器發展的重要實物資料。

此日晷只是測影臺的移動版，並且同時具備日晷和圭表的功能，是「測影臺」縮小版，方便攜帶，其方法和原理並沒有改變（圖60）。

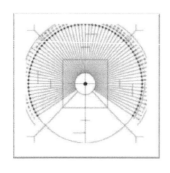

圖59 作者自繪日晷平面圖

圖60 漢日晷原圖

2　西元八年，在王莽接受孺子嬰（劉嬰）的禪讓後稱帝，改國號為「新」，以初始元年十二月初一為新朝始建國元年正月初一。王莽即「新太祖」，也稱「建興帝」或「新帝」，於西元八年臘月至西元二十三年十月初在皇帝位。

　　我們用上帝的視角（俯視）來看日晷，上下二橫分別是冬至和夏至，中間一點就是定表，上面二個點就是遊表，遊表每天都不是固定的，到達至點之後向下遊動，所以我們給二邊畫上「羊」角（圖61）。

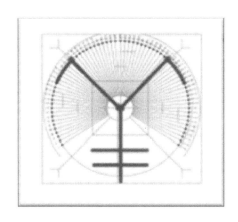

圖61　「羊」字在日晷中移動的象形

　　「南」字發展到了周代，在周代的銘文中多了二個「羊」角（圖62）。

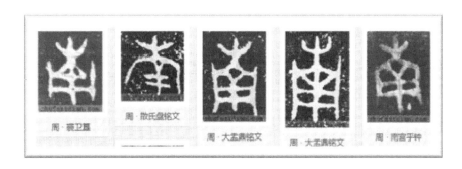

圖62　「南」字金文

　　「羊」就是「表」,「表」就是「羊」,周文王當年被商湯關押的地方原來是廢棄的天文臺,「表」「久」就成了「羑」字,所以這個地方叫「羑里」[3]。

　　「周公測景臺」整體高度三點八公尺左右,上半部分約為一點九一公尺(據說等同於伏羲的身高),下半部分圭的高度與之相當,到了元代,郭守敬在此基礎上,設置五倍高表,也就是我們上面介紹過的「觀星臺」。「觀星臺」增加了表的高度,獲得更為精準的數據,從而可以更加精準地計算出冬至時刻,進而計算出精確的「回歸年」間的長度,這就是著名的《授時曆》的來歷。《授時曆》測算的「回歸年」長度是三六五點二四二五日,與近代觀察值三六五點二四二二日相比,一年僅差二十六秒,通過這樣卑微數字的描述讓我們可以看出,天文臺越高,測得的時間就會更加精準,所以「表」大為「美」,「美」字就這樣被創造出來。

　　　　在甲骨文中至今還未發現「圭」、「表」二字……。[4]

　　「羊」字一旦被認為是測量時間的符號,是「表」的時候,不光是「美」字和「羑」字,與「表」有相同結構的漢字就會清晰明瞭。

　　羕:設立一個日晷需要統一的標準,作為一個標準被永遠使用,「表」「永」為羕,羕就是「樣品」,做日晷需要「樣品」。

3　羑里,古地名,又稱羑都,在今河南省安陽市湯陰縣北四點五公里的羑裡城遺址。羑水經城北東流。為商紂囚禁周文王的地方。見百度百科,網址:https://baike.baidu.com/item/%E7%BE%91%E9%87%8C?fromModule=lemma_search-box

4　西元八年,在王莽接受孺子嬰(劉嬰)的禪讓後稱帝,改國號為「新」,以初始元年十二月初一為新朝始建國元年正月初一。王莽即「新太祖」,也稱「建興帝」或「新帝」,於西元八年臘月至西元二十三年十月初六在皇帝位。陸思賢、李迪:《天文考古通論》(北京:紫禁城出版社,2005年),頁192。

　　義：義字，上下結構，上「表」下「我」，「我」要以「表」為準則，所以「表」「我」為義。

　　善：善字的甲骨文寫法是中間一個「表」字，二邊是二個「言」字，雙方認同的「表」乃為善。

　　在甲骨文中除了人以外就沒有動物。

　　「羊」時間，「牛」是方位，「馬」是淩日，「虎」是星座，「朱雀、玄武」，都不是真實的動物。

　　《山海經》中奇奇怪怪的動物，並不在「山」上，也不在「海」裡，而是在天上。「山」是方位，「海」是天池，天空像一個大大的池字，不同方位的星星連接起來形成一個個星座。西方起源的十二星座，比起山海經的「天空動物園」，少了一些生機。只要你仰望星空，《山海經》裡面的動物都在天上，地球上怎麼可能有二個頭的豬（圖63），但是天上有。天上不僅有二個頭的豬，還有二個頭的人，四隻腿的鳥，八個眼睛的蛇……。

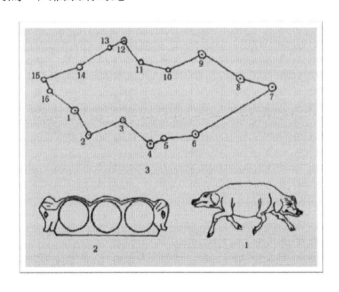

圖63　奎星與並逢豨韋圖

即使在當下今天，一個人的一生不大可能走遍五湖四海，即使去了也不可能看到那麼多稀奇古怪的動物，中國最強大的時候也沒有擴充到西半球，孔子當年「周遊列國」也只是在河南山東一帶轉轉。天空就不一樣啦，你要是包個山頭，一個晚上就可以周遊大半個蒼穹，包上數夜，就可以數遍天上所有的星星，如果你想知道這些星星的名字，你還可以唱唱《步天歌》[5]。

> 素秋無月，青天無水，長誦一句，凝目一星，不三數夜，一天星斗盡在胸中矣」。《步天歌》，句中有圖，言下見象。

有人類的地方都有文化，人類的文化是從觀天象開始的，蘇秉琦先生把文明之前的中國稱之為「滿天星斗」[6]，文化在中原大地上，像星星一樣，遍地開花。三星堆出土的青銅器都與日月星辰有關，凌家灘考古遺址中發現的大量玉器都是星座的象形符號……。

---

5 《步天歌》為一部以詩歌形式介紹中國古代全天星官的著作，現有多個版本傳世；最早版本始於唐代，最廣為人熟知的是鄭樵《通志‧天文略》版本，此版本稱為《丹元子步天歌》。

6 蘇秉琦：《中國文明的開始》（瀋陽：遼寧人民出版社，2009年），頁85。

十五
文化與文明

　　認知的方式不同，產生不同的造型，但都是從天文開始的。關乎天文，我們又要提到中國文化裡面又一個重要的字，這個字就是天文的「文」，文化的「文」，文明的「文」（圖64）。

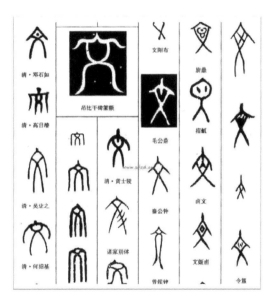

圖64　「文」字多種字體

　　肉眼看上去，北極星並不在天空的中心，那是因為，我們是站在地球上，天空大約有三分之一被地球遮擋，而且你如果站在地球的不同位置看到的北極星高度並不一樣，古人就是通過測量北極星的高度得到當地的緯度，不同的地方緯度才能構建起地球的空間。如何測量北極星的高度呢？古人的方法是：

據史料記載推測，認為這是把一根直角曲尺翻轉過來，在直角
頂點懸一重錘，在兩根垂直的尺之間設置圓弧，上面標有刻
度。只要沿一根尺邊觀測北極星，重錘線在圓弧上就可以顯示
出北極高度的讀數……。[1]

「角距」後來發展成「六分儀」，我家裡就有一個，但比較便宜，二
千多的專業「六分儀」，測其精度度會更加準確，但是其方法和原理
並沒有改變（圖65）。

　　「文」字的字形就是「角距」也就是「六分儀」的原理和方法的
象形（圖66）。

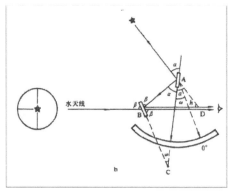

圖65　六分儀　　　　　　　　圖66　「六分儀」原理圖

　　測量北極星以及其他星體之間的角距還有一個重要的工具「紀限
儀」[2]，這是在北京天文館古天文臺上保留的多種天文儀器中一件，

1　李穆文：《探索時空的天文曆法》（西安：西北大學出版社，2006年），頁72。
2　該儀主要用來測定六十度內兩星之間的角距離。一九○○年曾被德國侵略者掠至德
　國，於一九二一年重新安置在古觀象臺上。紀限儀陳列在北京古觀象臺南側，與赤
　道經緯儀相鄰。制於康熙八年至十二年（1669-1673），由來華的比利時傳教士南懷
　仁監製。儀重八○二公斤，儀高三點二七四公尺。在中國此類儀器始於清朝。主要

從外形來看很象「射」向天空的弓箭，天文學名「紀限儀」[3]。在甲骨文中有大量的與之象形的字，這個字就是「射」字。「射」字不僅出現在甲骨文中，在金文中，「射」字的造型幾乎沒變，而且在「石鼓文」更加形象，我們現在所有的字典中都把這個字解讀為射箭的「射」字（圖67）。

圖67　「射」字甲骨文金文及石鼓文

部件是一個六十度的圓弧和一個幹，幹末端有手柄，柄端有一個小環，用來掛滑車的鉤（滑車已散失），幹的頂端伸出一根橫軸，用來掛窺橫（原窺橫已遺失，現儀器上的窺橫是後配的）。橫軸稍下位置，左右各立一個小柱，用來幫助測量。六十度的圓弧而以流雲作為裝飾，背部有樞軸，可以隨意調整高低，用半圓齒輪來支撐，同時還設有用來轉動的柄輪，觀測時可以左右升降，它的下面中柱，插入遊龍纏繞的圓座柱裡，可四方旋轉。見搜狐，網址：https://www.sohu.com/a/196355056_99925789

3　紀限儀又稱距度儀，是清朝製造的八件大型銅鑄天文儀器之一，是中國古代用於測量六十度角以內的任意兩天體的角距離的天文儀器，由比利時傳教士南懷仁根據丹麥天文學家第穀的設計，參照明代儀器於清康熙十二年（1673）鑄造。現存於北京古觀象臺的觀測平臺上，是中國第一臺在觀象臺上使用的紀限儀，豐富了中國古代天文觀測的內容。見百度百科，網址：https://baike.baidu.com/item/%E7%BA%AA%E9%99%90%E4%BB%AA/764503

　　如果我們把在各種「射」字的造型同「紀限儀」進行對比，你是否產生懷疑，這個「射」字不是「射箭」，而是「紀限儀」（圖68）。

圖68　「紀限儀」實景圖

　　在潘鼐先生主編《彩圖版中國古代天文儀器史》中。彙聚了大量天文儀器的圖片，其中就有各種「紀限儀」，從外形上看，都與「射」字相似。如果我們認真仔細查看「射」字，會發現一個重要的細節，那就是幾乎所有的「射」字的頭部多了一橫，請看被黑色圓圈圈起的部分，如果用來「射」箭的，為什麼要「多此一筆」（圖69）。

　　如果這多出來的一筆用在「紀限儀」的繪製上，不僅多餘，而且必不可少，因為這一筆是「紀限儀」的一個重要部件，天文學專業名詞──「遊表」。

　　關於「紀限儀」的使用原理，潘鼐先生在他的著作略有介紹，但是並沒有介紹「紀限儀」的使用方法，關於「紀限儀」的使用方法，我們在另外一本書中找到，這本書是科學史博士呂傳益先生編著的。關於「紀限儀」的使用方法，他在書中是這樣寫到：

觀測時，先把全儀旋轉，使銅幹朝向待測兩星，然後移動銅幹
的高低，對準兩星的中間，再將弧面與兩顆待測星移動到同一
平面上。一人用掛於儀面頂端橫軸上的窺管對準一顆待測星，
另一人用弧環上的遊表對準另顆待測星。這樣，窺管和遊表所
指出的弧邊刻度差，就是這兩顆待測星之間的角距。若待測兩
星的距離太近，將一星以橫軸為準測量，另一星用小柱測量，
讀數之差就是兩星的角距。[4]

我們再來看「花園莊東地」出土甲骨文中的「射」字，這裡的
「射」不僅畫出了「遊表」，連二個人的手都畫出來了（圖70）。

圖69 「多此一筆」的
甲骨文「射」字

花東 002
一   期

花東 005
一   期

圖70 「花園莊東地」甲骨文中的
「射」字

如果我們能夠還原「紀限儀」的原理和方法，集合「射」的多種
結構，我們可以肯定，早期的「射」字與「射」箭無關，而是用於測
量兩星角距的「紀限儀」。

---

4 呂傳益：《璿璣玉橫——天文貫穿於儀器臺站》（鄭州：中原傳媒中州古籍出版社，
2020年），頁131。

　　關於星空，在中國天文學的歷史上，我們有非常著名的「二十八星宿」[5]，這些都與中國古人觀察星空並且測量兩星角距有關，如果我們沒有「紀限儀」這樣的天文儀器，我們怎麼可能畫出「二十八星宿」的位置圖，而且每個星宿之間的位置都精確到度數（圖71）。

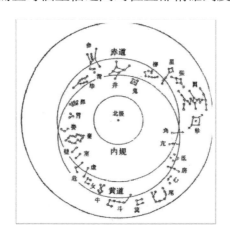

圖71　「二十八星宿」位置圖

　　關於「二十八星宿」，我們有太多太多的研究，不同領域不同角度，從天文到宗教，從宗教到文學，從文學到星占……。如果我們把「二十八星宿」輸入「中國知網」，點擊全文檢索搜尋，就會出現這樣

<hr />

5　二十八星宿，是中國古代天文學家為觀測日、月、五星運行而劃分的二十八個星區，由東方青龍、南方朱雀、西方白虎、北方玄武各七宿組成。上古時代中國古人在靠近黃道面的一帶仰望星空，將黃道附近的星象劃分成若干個區域，稱之為二十八宿，又將這二十八宿按方位分為東、南、西、北四宮，每宮七宿，分別將各宮所屬七宿連綴想像為一種動物，以為是「天之四靈，以正四方」。古人先後選擇了黃道赤道附近的二十八個星宿作為座標。因為它們環列在日、月、五星的四方，很像日、月、五星棲宿的場所，所以稱作二十八宿。二十八星宿是用來說明太陽、月亮、五星運行所到的位置。作為中國傳統文化中的重要組成部分之一，二十八星宿曾被廣泛應用於古代的天文、宗教、文學及星占、星命、風水、擇吉等等術數中。不同的領域賦予了它不同的內涵，相關內容非常龐雜。見百度百科，網址：https://baike.baidu.hk/item/%E4%BA%8C%E5%8D%81%E5%85%AB%E6%98%9F%E5%AE%BF/675

的數字,「學術期刊」一千九百四十九篇,學位論文二千篇,其中博士論文三百八十二篇,碩士論文一千六百一十八篇,在這些論文中,我們找不到「二十八星宿」原理和方法,更沒有找到使用的工具。

　　關於「射」字就是「紀限儀」的判斷,我們還可以從通過另外二個字來進行反證,這個字其中的一個就是「恆」字,「恆星」的「恆」字,從字形看,「恆」星字形就是「射」字的一部分,是從一個「遊表」到另外「遊表」跨度象形。所謂「恆」星,不是星體靜止不動,而是星體與星體之間的位置不動(圖72)。「二十八星宿」中的星體都是「恆星」,雖然沿帝星旋轉,都是位置不變。位置變的是行星,行星的位置是「行」動的。太陽系的星星都是「行星」,我們看到他們的時候,不一會兒位置就變了,它們是在不斷地行動,這就是行星的「行」字(圖73),如果你把它當成「十字」路口那也沒錯,只不過這十字路口不在地上,而是在天上。

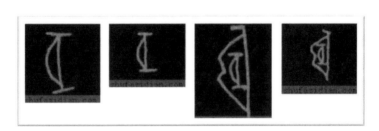

圖72 「恆」字甲骨文

圖73 「行」字甲骨文

　　「射」字是「六藝」之一，把「射」字放「六藝」[6]中沒有人不把它當「射」，可是在「六藝」中的「射」還真不是「射」，「禦」的本意是測定「子午線」，「射」字就是「紀限儀」，學習「子午線」「紀限儀」才需要高深的技藝。

　　還有一個字與「射」結構相同，這個字就是「殷」，殷商的「殷」。字的上端除了有一個「遊表」以外，圓圓的肚子中間還多了一點，這一點讓我們想起了「月」字。關於這個字的字形來源，現在還沒有完整的答案（圖74）。

圖74 「殷」字甲骨文

　　「月」總是與「二十八星宿」有關，「年月日」的「月」，一個「回歸年」可以通過測量日影，但是月影太弱，沒有辦法測量，所以寄望於蒼穹之上。

　　下面，讓我們來看看月亮的運動。天文上把人們看到的月亮在天球上所走的路線稱之為「白道」。你只要觀察一下就會發

6　六藝，指中國周朝貴族教育體系中的六種技能，即：禮、樂、射、禦、書、數。中國周朝的貴族教育體系，開始於西元前一〇四六年的周王朝，周王官學要求學生掌握的六種基本才能。見百度百科，網址：https://baike.baidu.com/item/%E5%85%AD%E8%89%BA/2387157

現，月亮在天球上的位置一刻不停地默默移動，其方向和它繞
地球公轉的方向一樣——從西向東。如果你起初注視到月亮所
在星座的位置，經過幾個小時之後，就會發現它已經離開那個
星座向東移動了。月亮繞地球公轉即沿著白道每天自西向東移
動地球約十三度，差不多每天停留在二十八星宿中的一宿裡。
由於白道和黃道傾斜成五度八分四十三秒不大的角度，故月亮
總在黃道附近星座中徘徊。古代二十八宿的用途，是間接參照
月亮在星空的位置，來推定太陽的位置，並由太陽在二十八宿
中的位置測得一年中的季節。[7]

在甲骨文中，「革」字就是月亮在白道上移動的象形，而「霸」字更
加明顯（圖75）。「霸」字就是「革」加「月」，就是月亮最圓時的象
形，通俗的說法月中為「霸月」，上半月為「朔月」，下半月為「望
月」（圖76）。這種紀月的方法在金文中普遍使用。
　　「商朝時期出土的甲骨文還記錄了月食、日食的現象……」，這
是甲骨文研究到面前為止與唯一認可天文現象，在甲骨文裡，「食」
字本身就是「月食、日食」的原理象形。

圖75　「霸」字甲骨文　　　　　　　圖76　「月相」變化圖

7　李良：《打開星河》（石家莊：河北少年兒童出版社，1995年），頁20-21。

十六
時間不一定準

　　日本有部電影，名字叫《第八日蟬》[1]，講的是人類感嘆，蟬只有七天的壽命，假如有一隻蟬活到第八日會怎麼樣⋯⋯。如果人只有七天的壽命，所有的月年和人類無關，人類也就不需要這麼麻煩，測月又測年，想知道自己活了幾天，找根繩子「結繩記事」打完七個結第八天就得完蛋。可是人比蟬幸運，即使活到耳順，六十歲也就是二一九○○天，你要是打上二萬多個結不會發瘋也得破產。

　　所有人類需要時間的基本量，然後找出與基本量成倍的數字關係，年也太長，中間加個月。一日就是一天，「天」的上面是「月、年」，「天」的下面是「時、分」。

　　得到一天的時間還是需要「立竿見影」。「天」字只是像一個「站立的人」，但與人無關，「天」字的頭部是運行中的太陽，影子早晚最長，形成一雙像人張開的「翅膀」，當太陽的影子從下往上移動到「翅膀」交叉點的時候，就是當地的午時，影子最短，記下這一刻，等到第二天日短再次到達這個位置的時候，這就是一「天」（圖77）。

　　不論在什麼地點，不論在什麼季節，只要能看得見太陽，用這種方法就可以得到的一天的時間量，而且絕對相等，因為這個量就是地球自轉一圈所需要的時間量。

1　《第八日的蟬》是由日本松竹映畫製作的一四七分鐘的劇情影片。該片由成島出導演，奧寺佐渡子編劇，井上真央、永作博美、小池榮子、森口瑤子、田中哲司等主演，於二○一一年四月二十九日在日本上映。見百度百科，網址：https://baike.baidu.com/item/%E7%AC%AC%E5%85%AB%E6%97%A5%E7%9A%84%E8%9D%89/1550154

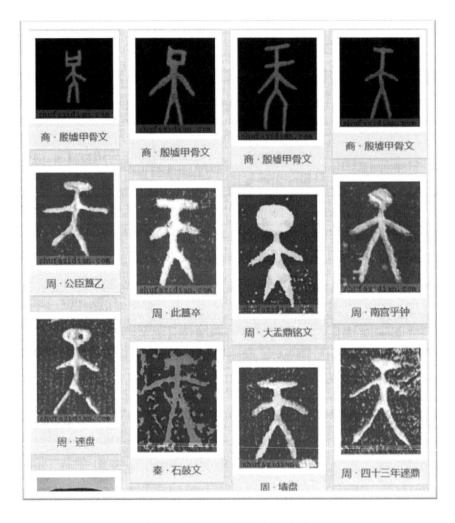

圖77 「天」字甲骨文及金文

　　「天」字不論在甲骨文裡還是在金文中，都是獲得一「天」時間原理和方法的象形，與「人之頂也」無關。頭頂上的天在甲骨文的世界裡，那不叫天，叫「穹」，蒼穹的穹，一穹二宮三垣四象二十八宿，這才是古人的天。

　　如果你測的時間不準，那是你的水準問題，時間是相等的，因為

地球只有一個。今天我們使用的時間叫「協調世界時」[2]，協調世界時是由國際權度局和國際地球自轉服務組織共同保持的時間尺度，代表了國際原子時和世界時的結合，從一九七二年起成為全世界的標準時間。我國使用的「北京時間等於協調世界時加八小時」[3]之所以這樣稱呼「協調世界時」，就是因為怕在一個地方採集到的時間不夠準確，所以在世界各地設置了八十多個採集點（守時實驗室）五百多個銫原子鐘，把八十多個採集點採集來的時間進行比對協調，得出一個世界共用的「世界時」。北京由於在「東八區」，使用要加八小時（圖78）。

我們在酒店裡經常看到一排同樣的鐘，但是時間不同，就是因為，每個國家所處不同的時區。有的快有點慢，其實時間都是一樣的，為了方便使用才進行時區的劃分（圖79）。

「區」字在甲骨文中就有體現，「囗」在甲骨文的任何地方都是太陽視運動的象形，在這裡也不例外，表現的正是「太陽時」的「區」別，時區的概念在周代以後表現的更加明顯，這個表現體現在「器」字上（圖80）。「器」字構形比「區」字表現得更加形象，這不僅是文字發展的進步，更是時間科學發展的需要。

2　協調世界時，又稱世界統一時間、世界標準時間、國際協調時間。由於英文（CUT）和法文（TUC）的縮寫不同，作為妥協，簡稱UTC。見百度百科，網址：https://baike.baidu.com/item/%E5%8D%8F%E8%B0%83%E4%B8%96%E7%95%8C%E6%97%B6/787659

3　北京時間一協調世界時UTC（NTSC）加八小時，國家授時中心承擔著我國標準時間一北京時間的產生、保持和發播任務，時間保持能力處於國際先進水準，並通過國家授時系統向全國提供標準時間和標準頻率服務。國家授時中心建立了與世界主要守時實驗室之間的高精度時間比對鏈路，參與國際原子時計算，二○一九年對國際原子時權街行配儀因世界第二。自二○一三年以來，「北京時間」的物理實現──國家授時中心保持的協調世界時與國際標準時間時的偏差進入十納秒以內；二○一七年以來，這個偏差保持在五納秒以內。竇忠、劉永鑫：《時間科學館》（北京：科學出版社，2021年），頁32。

圖78 世界時區分佈圖

圖79 不同的國家不同時間的區分

圖80　「區」字甲骨文

　　「形而上者謂之道，形而下著謂之器」，原句出自《易經》〈繫辭〉。道在上，看不見摸不著，器在下，看得見又摸得著，道無形，器有形道，和器形影不離（圖81）。

圖81　「器」字甲骨文

在甲骨文中，經常會出現甲組、乙組、丙組、丁組等字形，這裡的「祖」是祖先留下來的制度，我們的先人為了時間的準確性，在不同時區設立採集點，並對不同的採集點進行甲、乙、丙、丁等編號，然後把不同編號採集點採集來的時間進行協調，最後使用一個相對正確的時間。「在花園莊東地」的甲骨文字裡，「子」貞就是經常往復於，有時「甲組用」，有時「乙組用」……。

不夠你在那個區，時間都是相等的，不同的地方只是時差不同。有人說，對於人類來說，有二個東西是絕對公平的，那就是每人一天都是二十四小時，另一個就是死亡。

想想還真是。

十七
商代有報紙

　　歷史總是離不開時間和事件，報紙是歷史的載體，報紙需要時間。

　　四百年前的笛卡爾[1]就告訴我們，我們的研究不要停留在思辨中，我們的研究要從問題出發，找到問題的原理和方法，四百年來，對於「二十八星宿」的研究，我們仍然停留高大上的思辨哲學中，還有研究學者認為，「二十八星宿」的原創不屬於中國。[2]

　　在我們的歷史研究中，三千年前的中國還是奴隸社會，不論是夏代的最後一個君主夏桀，還是最後一個商紂王，在中國的歷史書中不是整天打架就是整天泡妞，整個商代都在不務正業怪力亂神「遇事必卜」，如果在這種歷史背景下，你說他們有了「紀限儀」，並且用「紀限儀」來「觀象授時」，測「二十八星宿」定「月時」，估計不僅中國自己人不能接受，離中國歷史更遙遠的西方人也不會接受。

1　勒奈・笛卡爾，一五九六年三月三十一日於法國土倫省萊爾市，一六五〇年二月十一日逝於瑞典斯德哥爾摩，法國哲學家、數學家、物理學家。他對現代數學的發展做出了重要的貢獻，因將幾何座標體系公式化而被認為是解析幾何之父。他還是西方現代哲學思想的奠基人，他的哲學思想深深影響了之後的幾代歐洲人，創立了「歐陸理性主義」哲學。見百度百科，網址：https://baike.baidu.com/item/%E5%8B%92%E5%86%85%C2%B7%E7%AC%9B%E5%8D%A1%E5%B0%94/973024?fromtitle=%E7%AC%9B%E5%8D%A1%E5%B0%94&fromid=85475

2　二十八宿是否起源於中國，從十九世紀初便有爭論。河南濮陽西水坡考古發現與馮時的論證（一九九〇年，馮時撰寫的《河南濮陽西水坡45號墓的天文學研究》在《文物》雜誌發表，引起國際學術界轟動。），為這場漫長的爭論給出答案，也對上世紀二〇年代以來的中華文明西來說形成反駁。見百度百科，網址：https://baike.baidu.com/item/%E4%BA%8C%E5%8D%81%E5%85%AB%E6%98%9F%E5%AE%BF/675?fromModule=lemma_search-box

所以有人把華夏文明的源頭指向西方，關於「中華文明西來說」，朱大可先生在他的著作《華夏上古神話史》中出現了騷動的苗頭，在他的眼裡，《山海經》是戰國晚期一群年邁的祭司，點著孤燈，留著口水——「翻譯、抄寫和拼湊那些來自巴比倫、天竺、安息、大秦和本土的書卷」；不僅如此，他還明顯感覺到自己身上流淌著非洲人的血液——「華夏種族的非洲起源」；還有提到老子的思想是西來的——「他要麼是來自印度的移民，要麼是留學印度的中國人」[3]。易中天在他的《中華文明史》[4]中，把苗頭直接指向西方羅馬，是古羅馬人帶著文明進入中國。

一輩子研究中國歷史的張光直院士[5]，在一篇論文中明確指出：傳統中國史中的先秦史部分已經失去權威性，中國先秦史需要一個新的結構。[6]

有一個法國人，名字叫讓-馬克·博奈-比多，他相信中國的天文學史有四千年，他寫了一本書，書的名字就叫《4000年中國天文》，在這本書的扉頁中，編輯是這樣介紹的：

> 天文學是一門古老的基礎學科，古人以「上知天文下知地理」，作為認知的標準，觀測星空更是人類邁出的認識世界的第一步。早在4000多年前，中國就十分重視「觀象授時」等天文實踐活動，逐步發展出「天人合一」的宇宙觀和哲學思想。

3　朱大可：《華夏上古神話史》（北京：東方出版社，2014年），頁3、39、208。

4　易中天：《中華史》（杭州：浙江文藝出版社，2016年）。

5　張光直（1931-2001），臺灣中央研究院前副院長、院士，美國科學院院士，美國文理科學院院士。

6　一九九四年初，在臺北舉行的「中國考古學與歷史學整合國際研討會」上，張光直在其宣讀的論文中更明確地指出，傳統中國史中的先秦史部分已經失去權威性，「中國先秦史需要一個新的結構」。

中國古代的天文成就曾處於世界巔峰，亦對之後全球的天文學研究奠定了重要基礎。法國天體物理學家讓-馬克・博奈-比多的這本著作，通過回顧中國天文學的歷史及其科學貢獻向中國天文學致敬。他帶我們穿越回一個又一個朝代，踏上中國天文4000年發展之旅。現代天文通過探測、定位和精確地記錄這些瞬間的宇宙現象，可以更好地解釋宇宙，就像漢朝的天文學家在2000多年前所做的那樣。下一次仰望星空時，我們能看到的不僅是閃爍的星光，更是古人的智慧積累，這些是我們的歷史，更是我們的國家寶藏……。[7]

閱讀這樣的文字，會讓每一個中國人感到自豪，我們帶著期望的心情仔細認真看完整篇著作，可是我們找不到科學時間原理的方法，這本著作從文獻到文獻從圖片到圖片，並沒有從科學時間入手，沒有結合古老的文字，也沒有從甲骨文中找到古老的天文儀器。與之相比的還有一位國內天文科學家，他的名字叫李勇，他用畢生精力寫了一本著作，著作的名稱為《觀天授時——中國古代的天文學》[8]，書中出現了大量比馬克更多的文獻和圖片，而且親自測量，彙聚大量數字印證中國曆法，雖然他是個天文學的博士，但是他的研究方法還是同讓-馬克・博奈-比多一樣，只是談論中國曆法的發展進程，並沒有還原中國古代科學時間的原理和方法。另外一位天文物理學博士，名字叫李亮，他編著了一本《天文觀象 日月星辰》[9]，同樣也找不到科學

---

7 〔法〕讓-馬克・博奈-比多（Jean-Marc Bonnet-Bidaud）：《4000年中國天文》（北京：中信出版集團，2020年），扉頁。《4000年中國天文史》得到中法SVOM專案法國首席科學家貝特朗・科爾迪耶、中國首席科學家魏建彥的聯名支援，並由中國科學院自然科學史研究所傾情提供珍貴的古星圖圖片。

8 李勇：《觀天授時——中國古代的天文學》（昆明：雲南大學出版社，2021年）。

9 李亮：《天文觀象 日月星辰》（長沙：湖南科學技術出版社，2020年）。

時間的原理和方法，在他的這本著作中，連圭表原理的示意圖都畫錯了（頁313）。

　　歷史是從科學時間開始，沒有科學時間的支撐，怎麼有完善的曆法，中國上古的天文學都是為科學時間服務的，有了科學時間原理和方法，中國的歷史才是真正的歷史。

　　我們不僅在甲骨文中發現像「紀限儀」一樣的天文儀器，在甲骨文中我們還發現了「導航儀」——和現代導航意義一樣的「導航儀」，只不過這個導航儀不是在夏代文字中發現的，而是在商代，是在「導航儀」剛剛被發明並開始使用的時候。「導航儀」的發明在當時也是一個重大科技成果，所以被發表在當時官方期刊上，這本期刊如同現在的「求是」雜誌一樣，是月刊，月刊中還分上旬、中旬和下旬，所不同的就是現代的雜誌印在紙上，而商代刻在甲骨上。內容除了科技內容以外，還有軍事板塊以及氣象板塊，另外還有出版時間和監督單位，關於這方面的內容，我們有二篇專門的論文，論文就在本書的下半部分。

　　這就是張報紙，準確地說是報甲（圖82）。[10]

圖82　「王賓仲丁卜骨」

---

10 磁片甲骨的名稱為「王賓仲丁薔骨」，現藏於國家博物館，相同內容還有一片藏於上海博物館。

十八
小巫見大巫

　　這些發現主要與一個字有關，這個字就是「貞」字（圖83），我們通過「貞」字中找到了突破口，從而發現了上面所說的秘密。「貞」字在甲骨文研究中是一個非常重要的關鍵字，關於這個字，到目前為止，還沒有那位專家給出合理解讀，因為這個字的字形實在對不上身上的某個部件。但是，只要我們從天文入手，這個字的字源就會變得非常容易。

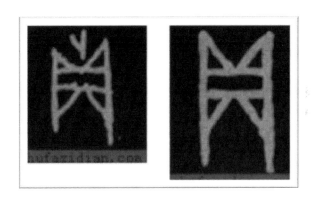

圖83 「貞」字甲骨文

　　還記得文章一開頭提到的「用」字吧，「用」字裡面有個「舟」，「貞」字裡面也有個「舟」，「貞字」就是在「舟」的基礎上加上了四個角。

　　再看這張圖，這個圖叫「日高圖」，圖示的意思就是通過測量太陽投影的夾角，就可以測算出當地「太陽的高度」（緯度）（圖84）。

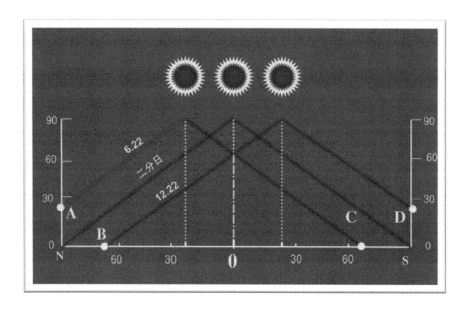

圖84 日高圖

我們再回到「貞」字的結構上,「貞」的就是雙至時刻太陽夾角的象形,通過夾角可以算出冬至和夏至的準確時刻。夾角最小的時就是冬至,白天最短黑夜最長,夾角最大的時候就是夏至,白天最長黑夜最短。

在「花園莊東地」甲骨文中,從頭到尾就一個「貞」人——「子貞」,「子貞」到底是誰,現在還沒有公認的答案,李學勤說,「子」是貴族,這不可能,我們已經說過,時間只能有一個中心,「授時中心」只能有一個,而且掌握在帝王手裡,我們認為,「子」就是「風王」之「子」,一人承擔著「觀象授時」的使命,這也是我們斷定這批甲骨是夏代文字的原因之一。

在商代的甲骨文中,就不是一個「子」在貞,在一塊甲骨上就會出現好幾個不同名的「貞」人,專家們把他們統稱為「貞人集團」,從「貞」字形上來分析,所謂「貞人集團」就是天文機構,相當明清

兩代的「欽天監」[1]。古代的天文機構的規模，歷代也不盡相同。唐代武則天時期的渾天監規模最大，達到八二十四人；元代的司天監有一一六人，回回司天監三十三人，太史院一一〇人，共二五九人；明代欽天監四十一人，最少時僅二十三人；清代欽天監有一五四人。

「貞人集團」是眾多「貞」人分工合作，觀象授時，共同制定科學時間的機構，商朝政治經濟發達，是我們歷史上一個重要的朝代，橫跨中國歷史四百四十六年，商王組織幾個專業人士搞個天文機構省得一個人忙不過來應該是件正常的事，可是在我們專家的眼裡，不僅視「卜」是迷信，遇事即卜，「貞人集團」就是商王領導下的巫術集團，是一群與「神靈溝通，預測禍福吉凶」搞怪力亂神不光彩的黑社會組織。

「在西方的漢語研究中，「巫」是個熱門話題」。關於「巫」字，李零先生進行過大量考證，在他的著作《中國方術續考》中有一篇論文分上下二篇，[2]專門研究「巫」字的來龍去脈，史料詳實，論證有序，但並沒有找到「巫」字的源頭。

在甲骨文裡面就沒有「巫」字，和「誣」蔑商王是「群巫之長」一樣，專家們硬把「癸」字側過來當「巫」字，而「癸」字在甲骨文就是一個「×」形，就是「年」字甲骨文中間的那個「×」，測年需要立竿，早晚的影子會形成一個夾角，冬至時尖頭朝下，夏至時尖頭朝上，二個尖頭「嘴對嘴」就是一個「×」形，通過測量夾角度數可以計算出一個「回歸年」的長度，「×」字就是「癸」字，「癸」字是

---

1 古代的天文機構是屬於中央政府的一個部門，歷代名稱也各有不同。在隋代以前叫做太史令，太史局或太史監。到唐代時該機構名稱變化較多，先後有太史局，渾天監，渾儀監，太史監，司天臺等。到了宋元時期，叫做司天監，司天臺或天文院。到了明清兩代叫做欽天監。見知乎，網址：https://zhuanlan.zhihu.com/p/367339607

2 李零：〈先秦兩漢文字史料中的「巫」（上、下）〉，《中國方術續考》（北京：中華書局，2006年），頁30-48。

「癸」年的方法，而「年」字是「回歸年」的結果。「癸年」就是「測年」的意思。

　　「小『巫』見大『巫』」，如果真的有什麼「巫」術，哪個能高出「巫」年的技術含金量。如果「巫」字就是「癸」字，商王「群巫之長」乃名至所歸，不僅是商王，三皇五帝夏商周所有的帝王都是「群巫之長」，我們「日用而不知」的時間就是在他們的正確引領下一步一步從起點到完善，從「四分曆」到走向「萬年曆」。六百年前的歐洲還沒有像中國一樣『年』的概念，有些人會因此而誣蔑商王。³

　　六百年後，西方才有了文明，在這六百年的時間裡，誕生很多藝術家、科學家和偉大的哲學家，代表人物列維-斯特勞斯⁴在他的著作《野性的思維》中關於「巫」有這段描述：

3　此判斷依據二本質疑西方文明史的書，書中有大量文獻，只摘錄二段。其一：朱玄識：《虛構的西方文明史》（太原：山西人民出版社，2017年），頁205。「在五百至一千五百年間，歐洲人所使用的工具都是原始的，鍬和鏟都是木製的」。再如，像前文所說的，中世紀歐洲的運輸工具都沒有輪子。《扶輪社雜誌》稱：中世紀歐洲是「原始工具、極不衛生和普遍的文盲」（primitivetols，minimum hygiene and widespread iltraey）。其二：〔英〕孟席斯（Menzies, Gavin）著，洪山高譯：《1434：中國點燃義大利文藝復興之火？》（臺北：遠流出版公司，2011年），頁46。轉注：董並生：《虛構的古希臘文明》（太原：山西人民出版社，2015年），頁127。〔英〕孟席斯（Menzies, Gavin）著，宋麗萍、楊立新譯：《1434：一支龐大的中國艦隊抵達義大利並點燃文藝復興之火》（北京：人民文學出版社，2012年）。「在一四三零年代，歐洲人沒有統一的曆法，因為他們尚未商定測量時間的方法，直到一個世紀後才開始採用格利高利曆」。

4　克洛德‧列維-斯特勞斯（Claude Levi-Strauss，西元1908年11月28日─西元2009年10月30日），法國作家、哲學家、人類學家，結構主義人類學創始人和法蘭西科學院院士。出生於比利時布魯塞爾大區，逝世於法國巴黎，享年一百歲。見百度百科，網址：https://baike.baidu.com/link?url=uoQw8IkJYfWiok7JFcdBsvYM_w5WVQkxztznpSW4j-vv5-YVS-CL9pfLTugN471SXUj9pE2LNTKnN2WLtlEfk61IljVNzI2G8p-Hy7QS-MEfsGOFQHiuToYMrcIPKupNyOYsk-AomoV5nNc1Sh2CDPPaCZ3lmhCuoa5UJcdkUlpSFp_JQay3iyzH8DgtuA-wVcsTM1FprnoGUMnDDzJka

靈感一詞的最原始意義並非通神，從甲骨文字「靈」字下半部分由「巫」字組成，從巫——靈＝零，而「巫」是癸年的意思。這是最早時空零點開始衍生靈感，正如，泰勒在《原始文化》中提出「萬物有靈觀」，這個零感的起源才是「萬物有靈觀」的原始靈感，人類初始獲得原始靈感掌握天圓地方與科學時間的測量揭示時空的科學靈感原型，而後才走向哲學時間的失控正如依靠巫術和神話。古今中外的學者所認為的原始人類相信超自然的力量的定論，在如今看來實則是人類文化基因裡攜帶著科學靈感，這個科學靈感的證實源於科學時間的精確測定。……

「作為非自覺地把握決定論真理的一種表現的巫術思想和儀式活動具有嚴格性和精確性，決定論的真理即是科學現象的一種存在的方式，因而，決定論的操作程式在其被認識和被遵守之前，就已普遍地被猜測到和被運用了。麼，巫術的儀式和信條似乎就是一種對即將誕生的科學懷具信仰的行為的種種表現。

他繼續寫到：

因而我們最好不要把巫術和科學對立起來，而應把它們比作獲取知識的兩種平行的方式，它們在理解的和實用的結果上完全不同（因為根據這一觀點科學無疑比巫術要更為成功，雖然巫術形成於科學之前，它有時也是成功的）。然而科學與巫術需要同一種智力操作，與其說二者在性質上不同，不如說它們只是適用於不同種類的現象。[5]

5　克洛德・列維-斯特勞斯（Claude Lévi-Strauss）、李幼蒸譯：《野性的思維》（北京：

科學是不能解決心靈問題的，人類只有到了心靈時代才有了鬼神。人民努力把智慧變成一門科學，但都不成功。

「測年」、「測月」、「測日」，準確的「年、月、日」是曆法的重要保證，「貞人集團」中「消」貞就是負責「測月」的「貞」人，而「爭」貞是個搞數學的，「爭」字甲骨文的字形就三個「又」字疊加，「割圓術」的象形。

寫到這裡，「殷」字忽然有了答案，「殷」字就用「紀限儀」測量月球在天空位置原理和方法的象形。

商務印書館，1987年），頁16、18-19。

十九
道德與指南針

　　如果你覺得這一切都是不可思議的話，我們告訴你，我們還在甲骨文中發現更加不可思議的還有「指南針」，並且在青銅器上發現多個銘文與「指南針」有關，其中一個字又是在華夏文明中舉足輕重的漢字，那就是「德」字，道德的「德」字。

　　「指南針」的故鄉在磁山，磁山有一個「磁山文化博物館」[1]。

　　我們實地參觀，發現館內陳列都是石器、陶器和骨器，在這些遺物中，還有石磨盤和類似石棒槌的石棍、泥制陶盂、支架等。從裡到外，從外到內，整個博物館逛了個遍，沒有發現一片磁石，與我們期待的「指南針」更是不著邊際。

　　館內大部分展品是仿的，真品大部分被國家博物館拿走，另外河南省博物館和河北省博物館也各自拿走了一套，拿的都是一套「石磨盤與石棒槌」的組合（圖85），為此我們又奔赴兩省博物館，發現他們還真的各有一套，並且都放置在歷史櫥窗的最前端，展板介紹的內容也幾乎一樣，都是八千年前人類磨糧食的工具。

---

1 中國磁山文化遺址博物館，或稱磁山文化博物館，位於河北省邯鄲市武安磁山遺址西北側臺地之下，坐落在太行山東麓南洺河畔。始建於一九九四年，占地面積一百畝，建築面積一〇八〇〇平方公尺，包括博物館主體建築、磁山文化研學館、磁山文化公園，是集保護研究、陳展宣教、研學實踐、旅遊休閒於一體的專題博物館。二〇〇三年底，磁山文化展覽經調整，充實移入主展廳內，正式對外開放。見百度百科，網址：https://baike.baidu.com/item/%E4%B8%AD%E5%9B%BD%E7%A3%81%E5%B1%B1%E6%96%87%E5%8C%96%E9%81%97%E5%9D%80%E5%8D%9A%E7%89%A9%E9%A6%86/10924538

圖85 河北省博物館陳列的「石磨盤與石棒槌」組合物，
標注為現代仿品——作者自拍

　　「石磨盤與石棒槌」的組合並有一百多套，這樣規模的糧食加工
廠，為什麼要放在荒山野嶺，而且地勢偏高，帶著疑問又回到遺址，
在遺址的周邊不停轉圈，我們並沒有發現曾經有人居住過的痕跡。那
個地方根本就不適合人類居住。

　　最早，一些專家推測，該遺址可能是先人們的墓區，這種「組合
物」是隨葬品。可是經過數年大面積的普探、試掘，加之遺址周邊的
調查，並未發現人骨和有關喪葬的痕跡，相反到是發現了大量鳥骨、
獸骨，甚至很小的魚刺等。有的專家依據「組合物」的擺放特點，認
為這裡也許是一個原始人的居住區或糧食加工場所。但他們同樣也未
能找到相應的證據，因為這裡並未發現所謂的生活起居區，就是房基

也僅發掘出二座。另外，如果是一個糧食加工場所或生產勞動場所的話，那麼每個坑內應有相應的活動空間，而實際上每組「組合物」所占的面積卻很小，有的還不足兩平方公尺。

路途遙遠，交通不便，失望之餘，死性不改，帶著疑問多次往返，終於有一次在一個小罐子上找到了靈感。

這個陶罐很小，比平常喝水的杯子大不了多少，它的特點是沿口有二個對稱的「小耳朵」（圖86），用來喝水，好像沒有任何意義，可是……可是用來做指南針呢？

靈感像魚一樣突然跳出水面，如果知識是個魚塘，我們不能總是潛在水底，只有跳出水面，才會發現我們不能被知識所限，靈感告訴我們，這裡就是製作指南針的地方，這裡才是真正的「指南針故鄉」。

在罐子裡加入水，把指南針放入水面，浮起來的指南針就會自動指南，調整指南針與「小耳朵」方向重合，就是一座「水浮式」指南針……。有了這樣的思路，「針」馬上就位，在館內展示的骨針，瞬間就變成了指南針，因為這裡的針二頭尖，沒有針孔，並且是雞骨，表面上發黑（圖87）。有了針有了盤，磁又從哪裡來呢？石磨盤上發黑的不就是磁粉嗎？[2]（圖88）

圖86 帶耳朵的小陶罐──拍攝於
　　　「磁山文化博物館」

----

2 遺址有幾十個有規律地集中擺放勞動工具的「組合物」。這些「組合物」多由石磨盤、石棒、石鏟、石斧、陶盂、支架等組成，每組一般四件。

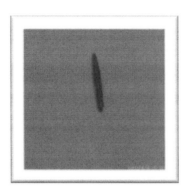

圖87 骨針——拍攝於「磁山文化博物館」

圖88 剛出土時的「石磨盤與石棒槌」——翻拍於
「磁山文化博物館」展示的圖片

　　一套製作指南針的全套程式浮現在我們的腦海——用石磨棒和石磨盤把天然磁石磨成粉，然後把磁粉沾在雞骨上，由於雞骨空心輕質，帶有磁粉的雞骨放入有水的小罐，一個「水浮式」指南針就這樣做成了。為了印證我們的想像，回來後又潛入水底翻閱了大量資料，結合各家各派各路野史的文獻圖片，完全印證了我們當時的靈感。

　　對於能不能得到認可，已經不是我們關心的問題，我們關心的是在現場發現比指南針更重要的問題。

　　一、在原來的遺址上有大大小小人工挖的洞（現已填埋），有的深達八公尺，洞口卻很小，這些大大小小的洞分佈非常集中而且規律，官方認定為「糧食窖穴」（圖89）。

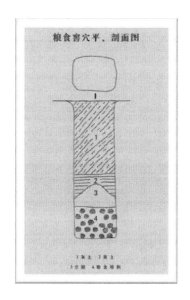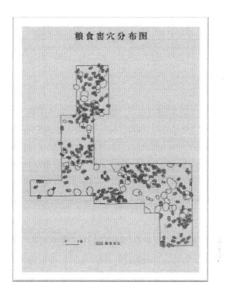

圖89 糧食窖穴示意圖——翻拍於「磁山文化博物館」展示的圖片

　　二、現場發現有陶製的鳥頭，造型奇特，身上還有帶點的紋理，官方認定為「鳥頭型支腳」，是用來做吃火鍋的支架（圖90）。

　　綜合大量的文獻以及我們長期研究的甲骨文字圖形，我們初步懷疑，這個遺址是八千年先人的「天文基地」，如同現在的「青海冷湖天文觀察基地」，必須安置在沒有人間煙火的地方。指南針只是手段之一，真實的目的是通過製作指南針來觀察「太陽風」的磁性強度以及對地磁深淺的研究。

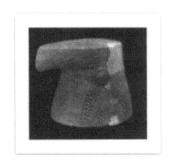

圖90 鳥頭型支腳三視圖──翻拍於「磁山文化博物館」展示的圖片

　　這一切設想，並非空穴來風，一是來自現場留下來的遺跡及實物，二是我們在早期的甲骨文裡面發現大量的有關指南針、磁石、太陽風的符號，特別是「玄鳥」，「玄鳥」的造型與「鳥頭型支腳」非常相似。除此之外，在甲骨文中還二個字引起我們的注意，一個「父」字，一個是「疾」，尤其是「父」字，在甲骨文中是一隻手抓石棒的象形，而「疾」的甲骨文有二隻腳與石磨盤的造型非常接近。

　　有關「古地磁」和「太陽風」，這樣的知識背景對我們來說太過生澀，科技含量也太過深遠，我們曾經向中國科技大學的物理教授以及中國科學院磁學專家請教，最後的結果：一位不屑一顧，一位沒有下文。

　　關於磁山指南針的論文已經附在本書的下半部分，關於「古天文基地」的論證期望更多專業有熱情的人士以「科技考古」的名義前往。「科技考古」不是一個新名詞，但是「科技考古」一定是個發展方向。

二十
科技考古

　　以「科技考古」的名義，我們不僅對指南針論證持有把握，我們有把握的還有一個字，就是上面提到還沒有說到的「德」字，因為「德」字與「指南針」關係緊密相連。

　　甲骨文時代還沒有鐵器，到了周代，才有了鐵器，有了鐵器使得鐵器指南針取代「水浮式」成為可能，「德」字的金文就是把鐵質磁針直立放置針心使其運行的象形（圖91）。

　　在毛公鼎中，不僅出現了以「德」字為象形的指南針，還出現了指南針的「針」字（圖92）。

　　在毛公鼎銘文的後三行末尾「賜汝磁針」四字非常明顯，請仔細看「針」字，雙手捧著一豎，都是這一豎中間有個針心。「心」字就是針心的象形[1]（圖93）。

圖91　「德」字金文

圖92　「針」字金文

圖93　毛公鼎「賜汝磁針」四字金文

1　金文中才有這個「心」字，甲骨文裡面沒有。

　　「茲」就是「磁」，在當代語境中卻被當成一個毫無意義的虛詞，「茲」字的結構就是二個「玄」字並立，而「玄」甲骨文就是「磁」線的象形（圖94）。

　　「玄之又玄，眾妙之門」，不論是一千言《道德經》還是五千言的《道德經》，老子的核心思想就一個字，那就是「玄之又玄」的「茲」字（圖95）。

圖94 「玄」字甲骨文　　　　圖95 「磁」字甲骨文

　　「道」乃天體運行總規律的象形，「德」乃磁性指南針的象形，從「德」字指南原理中悟出了「道」的本質。「道德」二字聯繫在一起，成了中國人幾千年來的行為準則。「天地玄黃，宇宙洪荒」，就是因為宇宙是個大的磁場，太陽系是個小磁場，地球周而復始，運行有常。宇宙的奧妙全在磁場，搞清「磁」的原理，就是通往宇宙奧秘的方法之門。

　　「黑洞」就是「磁」力達不到的地方，「宇宙線」就是「玄」的中軸線，而「量子」就是構建「磁」的最小單位元，今天的天文物理學離不開「磁」場。

　　關於「磁」我們還發現一個有趣的現象，我們在參觀虢季子博物館的時候，發現陳列的櫥窗裡有一隻很小的青銅罐，這個很小很小的銅小罐，名稱為「梁姬罐」。類似的罐子在我國墓地共出土五件，其中只有「梁姬罐」上有五個字銘文——「梁姬作口簠」[2]（圖96）。

2　頂有人形扁鈕。器身子口，深腹，圈足。口、蓋緣各有一對稱方形獸首雙系，兩兩

圖96　虢季子博物館櫥窗裡陳列的「梁姬罐」

櫥窗裡有一段文字介紹：

> 該罐器蓋內鑄銘二行五字，有學者認為是梁姬自作器，梁姬是
> 嫁到姬姓虢國的梁國女子。也有學者認為，梁姬是嫁到嬴姓梁
> 國的姬姓女子，此器是梁姬為其出嫁虢國的女兒所作的滕器。

滕器，「滕」與「賸」同形，「賸」就是「剩」，剩字看上去平常，但
是一旦與「磁」字聯繫在一起，足以超乎我們的想像，在現代磁學中
有個專業名詞，叫「剩磁」（圖97）。

___

相互對應。鈕飾束髮側面人首紋，蓋飾曲體雙龍雙首紋，腹飾人龍纏體紋。皆以細
雲雷紋襯地，圈足飾無珠重環紋。見過期雜誌閱讀平臺〈虢國博物館青銅器珍賞
（二）〉，網址：https://m.fx361.com/news/2016/0316/646055.html

圖97 「朕」字金文

　　剩磁的專業解釋為：磁化過的物體不再受外部磁場影響時保留的磁化強度，永磁體的磁性。

　　我們來看「朕」字，「朕」與「朕」字的甲骨文非常想像，右邊都是雙手捧一個一豎，左邊一個代表時間的「舟」字，關於「舟」字我們已經多次解讀，「舟」就是「天之舟」，「舟」就是「時」字。請注意細節，「朕」字就是一豎，上面上面都沒有，而「朕」的一豎中間有個「夋」形，這個「夋」形就是指南針「針心」的位置。

　　時間加指南針的組合的「朕」字形態與剩磁的專業解釋非常吻合，由此我們判斷梁姬罐」裡面裝的就是「剩磁」，裝的就永磁體的磁性，是用於製作指南針的重要載體。

　　「梁娪罐」上的還有五個字（圖98），李零先生釋讀為「梁姬作

米𥼝𦉥」，前三字大家都沒有意見，最後一個字我們認為是「簠」
字，關鍵是第四個字，李零先生在他的書中寫到：

圖98 「梁姬罐」上的金文

我的看法是，它是個從米從芻，應該隸定為「米芻」的字。「米
芻」（音 chou），出土文字材料沒有，但《廣韻》、《集韻》有這個字
（見尤韻），前者的解釋是「米芻粉」，後者的解釋是「濾取粉」，意
思是過濾加工過的某種「粉」。[3]

這是什麼「粉」？他沒說，他借陳耘說——「香粉」。而我們認
為是與磁有關的「磁粉」，因為這個字的左邊有個「米」字，「米」在
甲骨文裡本就是磁粉的象形（圖99）。

---

3 李零：《萬變》（北京：生活・讀書・新知三聯書店，2016年），頁40。

圖99 「米」字甲骨文

　　還有個細節告訴我們，從官方公佈的考古資訊看，這類銅小罐裡面剛挖出來的時候裡面並沒有發現「香粉」，而是殘留了「鐵粉」。

　　直到今天，純手工製作「羅盤」的核心在指南針，而製作指南針的核心在「永久性的磁體」，在安徽黃山腳下休寧縣萬安鎮，至今好保留著純手工製作的「羅盤店」，最代表的是「吳魯衡羅經老店」，一九一五年，在美國舉辦的巴拿馬萬國博覽會上，由吳魯衡後人選送的萬安羅盤和日晷被評為金獎，「吳魯衡羅經老店」已經有三百多年的歷史[4]，之所有他們的羅盤品質上乘，就是因為他們手頭有一塊「永久性的磁體」，幾百年來，只要他們製作的指南針只要放在這塊「永久性的磁體」上，他們製作的「羅盤」就不會消磁（圖100）。

4　萬安吳魯衡羅經老店為先祖吳魯衡（1702-1760）在萬安鎮於清雍正元年（1723）始創，由吳氏祖孫世代相傳、持續經營至今，迄今已有近三百年歷史，是目前全國唯一的傳統手工木質風水羅盤百年老店。一九一五年，萬安吳魯衡老店產品榮獲「美國巴拿馬萬國博覽會金獎」、「民國政府農商部二等獎」、「南洋勸業會優等獎」；近年來，吳魯衡老店還分獲「中華老字型大小」、「國家級非遺專案——萬安羅盤製作技藝保護單位」、「中國十大最具歷史文化價值百年品牌」等眾多榮譽稱號。見萬安吳魯衡羅經老店，網址：http://www.wawlhld.com/ljru.html

圖100　「吳魯衡羅經老店」現場圖

　　此店曾經到訪，我們不僅參觀了他們的整套工作流程，還參觀了他們的「萬安羅經文化博物館」[5]，當我們小心翼翼地提出想看看他們的「永久性磁體」時，答覆的結果是——絕對不可能。在他們店裡，一般的店員都看不到，這塊「永久性的磁體」只掌握在傳承人手裡，從不示外人。

　　我們再跳出水面想像一下，周代已經開始使用鐵質的指南針，製作指南針核心材料「永久性磁體」的「媵器」掌握在君王手裡，只有君王才有權利賞賜傑出貢獻的諸侯，《毛公鼎》的銘文就是證明，而作為「梁姬公主」的陪嫁品或是「虢國夫人」的陪葬品，是完全符合身份的。

5　萬安羅經文化博物館，是目前全國唯一一座以「羅盤非遺文化」為專題的博物館。館內分為「萬安羅經文化展陳主館」和「羅盤手工技藝研學館」兩大板塊，不僅展示了古羅盤、日晷、風水尺、風水古籍、古圖譜、老羅盤製作工具、萬安羅盤歷代獲獎證書原件等文物一千多件，為人們研究中國羅盤發展史、中國古代哲學思想史、中國建築史和中國傳統人居環境觀等提供了寶貴資料；同時也為傳統手工木制羅盤的非遺技藝研學提供了良好的教育課程和教學場地，是當前安徽省內文化旅遊的一大亮點。

　　講到「磁」，離不開中國，因為最早的中國就在「磁」裡，「宅茲中國」[6]。「茲」就是「磁」，China 的原義原音就是「磁」。

6　宅茲中國，出自西周國寶級青銅器何尊銘文，銘文記載了周成王繼承周武王的遺志，遷都被稱為「成周」的洛邑，也就是今河南洛陽這一重要史實，即「宅茲中國」，而銘文中的「宅茲中國」是「中國」一詞迄今發現的最早來源。見百度百科：https://baike.baidu.com/item/%E5%AE%85%E5%85%B9%E4%B8%AD%E5%9B%BD/7370476?fr=ge_ala

廿一
宅茲中國

我們在北京天文館參觀的時候，發現了這樣一段話：

由於相互之間的引力而被束縛在一起的兩新恆星組成雙星系統，由兩顆以上恆星組成的系統稱為聚星系統，在銀河系上億顆恆星中，雙星或聚星系統非常普遍。距離太陽最近的六十顆新恆星當中，有十一組（22顆）是雙星，其中包括著名的天狼星及其伴星。有些雙星會發生物質轉移，兩顆子星之間好似存在一座「滑梯」（圖101）。

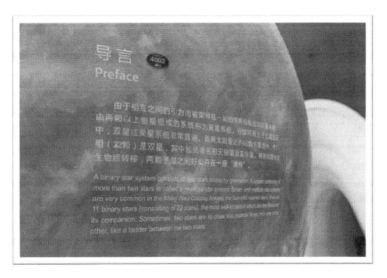

圖101 北京天文館現場導言展板

如果黃帝是地球的話，那麼炎帝是誰，進年來天文物理學發展迅猛，研究動態不斷出新，這張圖，來自電視劇《三體》的「科學邊界」，這張圖讓我們看到「雙子星」（圖102）。

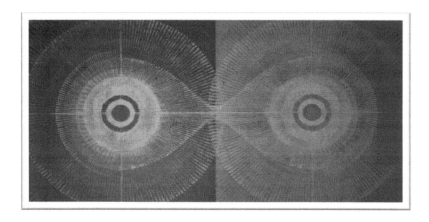

圖102 「雙子星」示意圖

　　「地球的未來是火星，火星的未來是地球」。對於我們是不是「火星人」，這條探索之路有點漫長。現代的基因學告訴我們，早在八千年前，中國的北方人種和南方人種基因沒有任何交接，到了今天，南方人有了三分之一的北方基因，之所以北方人向南方遷移，那是因為北方人帶著某種文明，我們的結論是從基因研究學者付巧妹博士[1]在中央電視臺《開講啦》的演講中整理總結的。我們在想，這個文明就是科學時間，就是伏羲發明的科學時間的原理和方法，這種文明伴隨著基因從中原大地向著祖國南方傳播而來。

　　通過對以上各種古文字的結構分析，我們判斷漢字和陰陽太極同源同宗，伏羲是用圖形文字傳播科學時間的方法和原理，並指導其他都邑製作測影臺。有研究資料顯示，伏羲從他的家鄉甘肅天水出發，走遍神州大地，最後安息在河南周口淮陽太昊陵，多少年來，在伏羲走過的土地上，人民為了紀念他，修建廟宇，直到今天，還有眾多與

1　付巧妹（1983年12月-），女，先後畢業於西北大學、中國科學院、德國馬克思・普朗克進化人類研究所。博士（導師：斯萬特・帕博），中國科學院古脊椎動物與古人類研究所研究員、分子生物學實驗室主任。

伏羲有關的宗廟屹立在他走過的線路上，在這些宗廟裡，每年都有大小不同的活動，來紀念我們偉大的祖先伏羲（圖103）。

圖103　伏羲路線示意圖──拍攝於甘肅天水伏羲廟陳列的展板

如果這一切是事實，那我們的華夏文明不是五千年，而是八千年。

廿二
觀象授時

「觀象授時」，授時不是報時，晨鐘暮鼓夜間打更那是報時，在甲骨文中的「卜」字不讀「卜」，應當讀「報」，報時的「報」，報告的「報」。甲骨文的內容都是「立言記事」，是「王子」的報告還有「貞人集團」彙報。授時是授年，授的是年曆，授的是曆法，只有完善的曆法才能保持歷史的連續。「冊」的甲骨文就是「年曆」的象形（圖104），「典」字甲骨文就雙手捧「冊」頒佈「年曆」的象形（圖105），這是一種高度發達的科技文明，是在同時代其他任何地方沒有的。

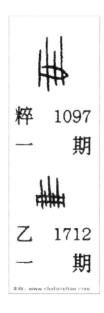

圖104　「冊」字甲骨文　　　　圖105　「典」字甲骨文

作為中國古代特有的文化現象，頒曆大權的擁有標誌著該政權乃天下唯一合法政權，而使用某政權頒行的曆法，就意味著對該政權的承認和臣服。明代《大統曆》曆書封面上，可以看到一個蓋上去的木戳，上面的文字是：

> 欽天監奏准印造大統曆日，頒行天下。偽造者依律處斬。有能告捕者，官給賞銀五十兩。如無本監曆日印信，即同私曆。

一直到明清二代，日本和朝鮮的「年曆」還是中國朝廷冊封的。這句話是在李約瑟的書中看到的，現在實在想不起是哪本書，在哪一頁。書中還提到，由於到日本路途遙遠，前去送「冊封」的人要三、四個月才能回來。

我們現在使用的時間叫「協調世界時」[1]，「北京時間」是世界時的一個組成部分，所謂時間時，當把平太陽作為觀察標時，我們就得到平太陽時。在格林尼治子午線上的觀測者得到的格林尼治的地方平太陽時，稱為世界時。而這個「世界時」的誕生還不到一百五十年，一八八四年，在華盛頓召開了國際子午線會議，英國格林尼治皇家天文臺的當地平太陽時被指定為通用日，以午夜零時作為當天的起點。

中國的曆法簡稱農曆，實質是陰陽合曆[2]，陰陽合曆不僅是「天

---

1 協調世界時又稱世界統一時間、世界標準時間、國際協調時間，從英文Coordinated Universal Time和法文TEMPS UNIVERSELLE COORDINEE而來，簡稱UTC。它是以國際原子時（TAI）秒長為基準、在時刻儘量接協調世界時表述的是零時區的一天中的時間，又稱世界標準時。我國首都北京位於東八時區，時間比「UTC」晚八個小時，也就是說，世界標準時00時，我國地方標準時間（北京時）為08時，北京時的英文縮寫為「BST」（Beijing Standard Time）。見MBA智庫百科，網址：https://wiki.mbalib.com/zh-tw/%E5%8D%8F%E8%B0%83%E4%B8%96%E7%95%8C%E6%97%B6

2 農曆，是中國現行的傳統曆法，屬於陰陽合曆，也就是陰曆和陽曆的合曆，是根據月相的變化週期，每一次月相朔望變化為一個月，參考太陽回歸年為一年的長度，

文與人文」統一，更是「天人合一」哲學思想完美的體現。

　　現在的世界時的西元紀元[3]，不僅不科學，而且反人類……。

並加入二十四節氣與設置閏月以使平均歷年與回歸年相適應。農曆融合陰曆與陽曆形成為一種陰陽合歷歷法，因使用「夏正」，古時稱為夏曆。

現行農曆於一九七〇年以後改稱「夏曆」為「農曆」。由中國科學院紫金山天文臺負責計算，並於西元二〇一七年頒佈了國家標準《農曆的編算和頒行》。使用新的曆法，其年份分為平年和閏年，平年為十二個月，閏年為十三個月，月份分為大月和小月，大月三十天，小月二十九天，其平均曆月等於一個朔望月。農曆是以月亮圓缺變化的週期為依據，一個朔望月為一個月，約29.53天，全年一般為354天或355天，比西曆年（也稱回歸年、太陽年）的365天或366天少了11天。根據中國科學院紫金山天文臺起草的國家標準《農曆的編算和頒行》，朔日為農曆月的第一個農曆日，也就是說每個農曆月的初一一定是朔日。每個農曆月反映了完整的月相變化週期，因此屬於陰陽曆中的陰曆部分。農曆中的二十四節氣反映的是地球繞太陽運行軌道上的不同位置，即回歸年週期，因此屬於陰陽曆中的陽曆部分。見百度百科，網址：https://baike.baidu.com/item/%E5%86%9C%E5%8E%86/67925

3　西元，即西曆紀年法，是一種源自於西方社會的紀年方法，原稱基督紀元，又稱西曆或西元，是由義大利醫生兼哲學家Aloysius Lilius對儒略曆加以改革而製成的一種曆法──格裡曆。一五八二年，時任羅馬教皇的格列高利十三世予以批准頒行。西曆紀年以耶穌誕生之年作為紀年的開始。在儒略曆與格裡高利曆中，在耶穌誕生之後的日期，稱為主的年份Anno Domini（A.D.）（拉丁）。而在耶穌誕生之前，稱為主前Before Christ（B.C.）。但是現代學者為了淡化其宗教色彩以及避免非基督徒的反感而多半改稱用「西元」（Common era，縮寫為C.E.）與「西元前」（Before the Com-mon Era，縮寫為B.C.E.）的說法。辛亥革命爆發後次年（1912），當時的中華民國政府採用西曆作為國曆，紀年方面，西元紀年法與民國紀年法並行。見百度百科，網址：https://baike.baidu.com/item/%E5%85%AC%E5%85%83/17855?fromModule=lemma_search-box&fromtitle=%E8%A5%BF%E5%85%83&fromid=3653975

廿三
國寶與寶尊彝

　　對於金文，我們是從「晚清四大國寶」開始的，[1]研究的結果有
「重大發現」。如果把我們在甲骨文中發現的「紀限儀」、「指南針」
當成「彩蛋」的話，金文中的「重大發現」就是「宇宙閃爍」。

　　虢季子白盤，中華人民共和國首批禁止出國展覽文物，晚清時期
出土於寶雞，現收藏於中國國家博物館，是鎮館之寶（圖106）。官方
解讀的內容大致是，在周宣王時期，虢國的子白奉命出戰，榮立戰
功，周王為其設宴慶功，並賜弓馬之物，銘文中還記錄了當時的戰
果：「斬首五百，俘虜五十」。

圖106 虢季子白盤實物圖──來源於中國國家博物館官網

　　「五百」和「五十」這二組數字讓我們懷疑，本人曾經是個軍
人，對戰爭略有研究，這個數字也就是個「鄉民暴動」級別的局部戰

1　晚清四大國寶是指清代出土於陝西寶雞的西周青銅瑰寶。大盂鼎、毛公鼎、虢季子
　　白盤、散氏盤。

爭，為什麼能夠驚動號稱為天子的周氏王朝，並且打造體量如此巨大的「國之重器」。

「虢季子白盤」完全由青銅鑄造而成，體形碩大。銅盤重二百一十五點三公斤，長一百三十七點二公分、寬八十六點五公分、高三十九點五公分。銅盤呈長方形，四角為圓弧狀，腹下斂，平底，有四個曲尺形的足，銅盤四壁外側通體鑄有花紋，上部為竊曲紋，下部為環帶紋，整體紋飾十分精美，又不失敦厚大方、莊重肅穆的西周神韻。盤口呈現圓角長方形，更值一提的是，在銅盤兩側，還各有兩個向外突出的獸首銜環，環上的花紋呈繩索狀。因為體型巨大，又是青銅器，需要七八個成年男性才能移動。

幾次到北京卻一直沒有機會看到實物，後來我們到了寶雞青銅器博物院看到的是仿製品，雖然仿品缺少滄桑感，但是還是很明確感覺到它的厚重。

「五百」和「五十」成了關鍵字，我們在眾多資料中特別是對上古天學研究中發現，「五百」和「五十」這二個數字與金星運動有著密切的關聯。

金星是內行星，又名啟明星，俗指太白星宿，又稱啟明、明星、長庚。「西方金，其帝少浩，其丞蓐收，其神上為太白」，馬王堆出土的帛書《五星占》中就是這樣描述金星的，這種描述讓「太白」與「子白」有了某種聯繫。有聯繫的還有《五星占》中記錄了「太白」會合週期是五百八十五點四天，這個數位與今天的數位只差零點四八天，而在它之後的《淮南子》和《史記》中會合期分別是六百三十五天和六百二十六天，另外根據記錄日期可求得金星與太陽的角距離，一般在四十八度左右。

會合週期五百八十五點四，角距離四十八，這與「五百」和「五十」非常接近。

　　銘文中「析首五百，執訊五十」，當我們還原「析首」和「執訊」原理和方法的時候，發現「析首」、「執訊」就是「會合週期」和「角距離」的象形，而「搏伐敢允，於洛止陽」，正是測量金星「會合週期」和「角距離」的過程。

　　有了這個定位，其他的銘文解讀起來就容易得多了，通過我們對每一個銘文的字形原理的還原，我們的發現，銘文內容與官方公佈的大相徑庭，其銘文內容是因為虢季子白通過觀察實測金星的「運行週期」為「五百」日，「角距離」為「五十」度，作為當時的「國家科技進步獎」，周周宣王舉行隆重的慶典表彰他的功績，除了以資獎勵以外，還把科研成果刻在盤子中，以此號召天下諸侯百姓向他學習。

　　「科技考古」在這裡過程中得到了體現，我們用同樣的方法對「散氏盤」進行解讀，發現「散氏」根本不是人，而是「歲星」，「散氏盤」的銘文是關於「歲星」在「二十八星宿」上運行軌跡的觀察與記錄（圖107）。

圖107　散氏盤拓片及銘文

　　關於「散氏盤，也有專門的論文對其進行研究，但是不像西周「虢季子白盤」，我們還不能解讀出每一個文字，不能提出每一個文字的方法和原理，但是我們相信，它的內容並不是現在官方解讀的那樣與與分田有關。

　　還有一點需要說明，在「散氏盤」的銘文中，我們發現「羲祖」二字出現了三次，這也是我們認定「伏羲」是「天文始祖」重要資料來源之一。

　　在「毛公鼎」的銘文中我們沒有「重大發現」，只發現了毛公鼎銘文中有「玄鳥」，有「德」字，有「磁針」。

　　至於「大孟鼎」……。

　　青銅器是現在的說法，[2]在古代，青銅器都被稱之為「彝」器。

　　　　青銅器古稱彝器，左傳襄公十九年，減武仲謂季孫日：「大伐
　　　　小，取其所得以作彝器，銘其功烈以示子孫，昭明德而懲無禮
　　　　也。」又昭公十五年，文伯揖籍談，對日：「諸侯之封也，皆
　　　　受明器於王室，以鎮撫其社稷，故能薦彝器于王。」杜注
　　　　「彝，常也，謂鐘鼎局宗廟之常器」是也。[3]

　　「彝，常也」，「常也，下裙也」，「裙，下裳也」，好好的一個青銅器為什麼在《說文》裡變身成裙裳也，想不通也，頭痛也……。

　　　　花在「彝」字上的時間最長，終於有一天頭不痛也，原來「彝」字就是「π」，「彝」字就是「圓周率」。

2　一八三六年，丹麥考古學家小湯姆森（Christian Jirgensen Thomsen）以工具製造技術和材料的標準，將人類史前史分為三個階段：石器時代（Stone Age），青銅時代（Bronze Age），鐵器時代（Iron Age）。

3　容庚：《商周彝器通考》（上海：上海人民出版社，2008年），頁3。

　　「彝」字一時半會摸不著頭腦，我們就從「常」字下手，「常」與常數相關，我們就查常數，百度上關於常數一大串介紹，我們只知道「π」⁴。三點一四一五九二六，小學時都背過，圓周率，無限不循環小數，據說有人用了二十年，把「圓周率」後面的小數點計算到三十四億位，結果還是沒完沒了。難道「彝」字與「π」有關，再看「彝」字，上半部分的字形還真有點像「π」，而圓周率的原理就是把一根直線旋轉一圈，然後求證這一圈的長度與直線的比例。「死盯」，「死盯」的結果，「彝」字就是圓周率原理和方法的象形。⁵甲骨文中的「彝」子更加直接，就是雙手捧著一根棒子，然後做旋轉狀，而在金文中的「彝」字中還加上了圓周率的求證方法。

　　在青銅器上，「彝」字總是和另外二個字連在一起，這二個字一個是「寶」字，另一個是「尊」字，「寶尊彝」三個字的組合經常出現在青銅器上（圖108）。

　　寶：帶有自動指南「羅盤」⁶的象形。

常數，數學名詞，指規定的數量與數字，如圓的周長和直徑的比π、鐵的膨脹係數為0.000012等。常數是具有一定含義的名稱，用於代替數位或字符串，其值從不改變。數學上常用大寫的「C」來表示某一個常數。而且，它一般都分類於超越數（比如π、Σ10^-j!）、無理數（比如e、φ）、不可計算數（比如√2、ΩU）、可計算數（比如δ、γ）這四種分類。見百度百科，網址：https://baike.baidu.com/item/%E5%B8%B8%E6%95%B0/2215683?fr=ge_ala

5 「死盯」的方法是老師教的，大學時唐戌鳴老師上《圖形創意》，他教我們，看不懂的圖形你就「死盯」，直到看見結果。

6 羅盤，又叫羅經儀，是用於風水探測的工具，理氣宗派常用的操作工具。羅盤主要由位於盤中央的磁針和一系列同心圓圈組成，每一個圓圈都代表著中國古人對於宇宙大系統中某一個層次資訊的理解。見百度百科，網址：https://baike.baidu.com/item/%E7%BD%97%E7%9B%98/1107402?fromModule=lemma_search-box

尊：手捧「漏壺」三級「漏刻」[7]的象形。

彝：周長除於直徑「圓周率」[8]的象形。

「寶尊彝」三字連體，」寶代表「空間」，「尊」代表「時間」，「彝」代表「無限不迴圈」，三字連體會意成「時空無限」。「時空無限」後來被「萬壽無疆」取代，「萬壽無疆」後來又被「萬歲」代替。不論是「時空無限」、「萬壽無疆」還是「萬歲萬萬歲」都是祝福語，用於人類寄語宇宙對無限的想像，寄託人類「子子孫孫」在美好的期待中「永享」未來。

圖108 作寶尊彝金文拓片

7　漏刻，古代計時器。漏是指帶孔的壺，刻是指附有刻度的浮箭。有泄水型和受水型兩種。早期多為泄水型漏刻，水從漏壺孔流出，漏壺中的浮箭隨水面下降，浮箭上的刻度指示時間。受水型漏刻的浮箭在受水壺中，隨水面上升指示時間，為了得到均勻水流可置多級受水壺。見搜狗百科，網址：https://baike.sogou.com/m/fullLemma?lid=365310

8　圓周率是一個常數（約等於3.141592654），是代表圓周長和直徑的比值。它是一個無理數，即無限不循環小數。在日常生活中，通常都用3.14代表圓周率去進行近似計算。見百度百科，網址：https://baike.baidu.com/item/%E5%9C%86%E5%91%A8%E7%8E%87/139930?fromModule=lemma_search-box

廿四
《說文解字》的質疑

　　對漢字源頭的探索就如同伏羲曾經走過的路，過程中的艱辛只有自己知道，雖然前前後後用了十年，但是總覺得才剛剛開始，未來還有很長的路要走，還有很多疑問正在等待。

　　與「羊」有關的漢字，還有一個「庠」字，在《說文解字》中，庠：禮官養老。夏曰校，殷曰庠，周曰序。從廣羊聲。庠既然是殷代的是「國立大學」，為什麼又成了養老院，這是不是矛盾。還有，與「羊」字相關的中國歷史上有一本著名的著作，名子叫《公羊傳》[1]。古代怎麼會有姓「公羊」的，還有什麼「公羊」家族，《公羊傳》主要內容就是表彰十二個「公公」[2]，難道這裡的「羊」不就是「表」字嗎？「表」揚十二個太公，讓他們為人師「表」，做「表」帥，讀成《公表傳》不是更符合儒家思想嗎……。

　　越琢磨下去就越覺得我們離《說文解字》越來越遠了，這個時候，我們不得不停腳步進行反思，是我們離經叛道，還是《說文解

1　《公羊傳》又名《春秋公羊傳》，儒家經典之一。上起魯隱西元年，止於魯哀公十四年，與《春秋》起訖時間相同。其作者為卜商的弟子，戰國時齊國人公羊高。起初只是口說流傳，西漢景帝時，傳至玄孫公羊壽，由公羊壽與胡母生一起將《春秋公羊傳》著於竹帛。《公羊傳》有東漢何休撰《春秋公羊解詁》、唐朝徐彥作《公羊傳疏》、清朝陳立撰《公羊義疏》。見百度百科，網址：https://baike.baidu.com/item/%E5%85%AC%E7%BE%8A%E4%BC%A0?fromModule=lemma_search-box

2　《漢書藝文志》載本書十一卷。今本經唐宋間人編定，與《春秋》合編，分為二十八卷。卷一-二　隱公；卷四-五　桓公；卷六-八　莊公；卷九　莊公、閔公；卷十-十二　僖公；卷十三-十四　文公；卷十五-十六　成公；卷十七-十八　宣公；卷十九-二十一　襄公；卷二十二-二十四　昭公；卷二十五-二十六　定公；卷二十七-二十八　哀公。

字》另有隱情。

我們在文獻中零零散散地得知，許慎所處的時代，正處在「罷免百家，獨尊儒學」的主旋律時代，《說文解字》不是一個人的行為，而是一項有一百多名專家教授博士組織參加的「國家文化形象工程」，許慎就是一個總編。從《說文解字》中對孔子的「孔」字的解讀和對伏羲的「羲」字的解讀形成鮮明對比來看，就可以發現不可思議的隱情。孔字，一個姓氏而已，可是在《說文解字》中，孔：通也。從乚從子。乚，請子之候鳥也。乚至而得子，嘉美之也。古人名嘉字子孔。而與之相反的「羲」字，只有這樣幾個字，「羲：氣也。從兮義聲」（圖109）。

圖109 「羲」字金文

我們來看看羲字在商代時期的造型，羲字是三個字組成，羊、我、兮（圖）。羊、我，我們已經解讀過，「兮」是終老的意思，三字結構在漢字很少出現，我們把三個字連起來會意，這是不是對伏羲最高級別的尊重。另外，我們驚喜地發現，我們在李宗焜編寫的《甲骨文編》中發現了這樣一個字形，「上羊下牛」（圖110），這個字與現代漢字並沒有相對應的字，可是我們認為這個字就是「羲」字，是「羲」字最早的字形。「羊」是「時間」，「牛」是「方位」，「上羊下牛」正是時間和空間的組合，與「宇宙」二字同意，「古今往來為宇，上下左右為宙」，無論是「黃」還是「帝」，無論是「帝」還是「王」，所有所有的一切，都離不開時間和空間，所有的人間悲歡離合都籠罩在「宇宙」之中，」

「羲」就是「宇宙」,「宇宙」就是「羲」。伏羲不是一個人,他就是「宇宙」。

圖110 「羲」字甲骨文

可是在許慎眼裡,伏羲只是一種虛無縹緲的空氣。「嘉美孔子,氣死伏羲」,這種解讀明顯符合當時的政策導向,可是在《說文解字》序言中,許慎又口口聲聲說要公正客觀,還文字於本來面目,追尋文字的真正源頭,這是儒家思想的虛偽,還是許慎真的要做什麼掩飾,不然,我們又怎麼能夠理解許慎要他的兒子在他死後才把《說文解字》的文稿交給朝廷。

不僅如此,在《說文解字》的序言中伏羲變成了庖犧,把造字者包裝成一個長有四個眼睛的倉頡,一個歷史上無從查證的一個史官,到了今天,甚至有人把漢字發明的功勞直接給了孔子。

我們並沒有否定儒家文化,相反,我們相信儒家文化是中國文化的重要組成部分,北京大學樓宇烈教授聲稱,中國文化儒、釋、道三足鼎立,[3]南懷瑾先生說的更加具體——儒養行、釋養心、道養身。

但是,這一切並不能成為我們停止對漢字起源繼續追問的理由。

著名的甲骨學專家姚孝遂教授在他的專著《許慎與說文解字》中也有發難,並且對有些漢字重新解讀,但是,他並沒有完全脫離《說文解字》的本體,他只是對有些漢字的解讀修修補補,並沒有觸動到《說文解字》的靈魂,原因可能就是姚孝遂先生不知天文。

其實中國的儒家們都不知天文,不僅是現代,從二千多年的漢代就已經開始,一代不如一代。

---

3 樓宇烈:《中國的品格》(成都:四川人民出版社,2015年)。

　　皇祐年間（1049-1053），禮部為考生安排了一次考試，要求作
文論述用於獲得有關天學的知識的儀器。但舉人們卻只能胡亂
寫一些有關天球的內容。由於考官們對這個題目同樣無知，所
以他們以優等成績讓考生全部通過[4]。

這是李約瑟在他的《中國科學技術史》中翻譯了一段話，這段話的原
稿來自於沈括同時代的彭乘所寫的著作《墨客揮犀》。

　　中國的舉人們不懂天文學，連考官也不懂，這是事實。中國從明
末清初科技高速下滑這也是事實，中國的文人視「四書五經」為經
典，不學習天文，這也是事實。最具代表性的是錢鍾書先生，他學貫
中西，可是他不懂天文，數學考試成績為零，連左右都不分，這也是
事實。

　　天文學是科學的源頭，造就了文人們不懂天文，視科學為奇技淫
巧，這與《說文解字》對漢字的解讀不無關係，如果許慎不是有意識
地把天文學的知識在漢字解讀中有意曲解，如果讓錢鍾書這樣的知識
份子知道「王」字是古代天文臺的象形，「羊」就是「表」字的時
候，那麼「李約瑟之問」就不是一個問題[5]。

　　中國近代科學為什麼落後，對此問題的爭論一直沒有停止，中國
著名科學泰斗錢學森曾提出著名的「錢學森之問」，與「李約瑟之問」
同是對中國科學技術的關懷。江曉原先生認為「李約瑟之問」只是個
偽命題，那是因為他還沒有完全搞清楚「李約瑟之問」的本質，李約

4　李約瑟（Needham Joseph）：《中國科學技術史》（北京：科學技術出版社；上海：上
　　海古籍出版社，2019年），第三卷，《數學、天學和地學》，頁191.

5　李約瑟之問也被稱之為李約瑟難題，由英國學者李約瑟在其編著的十五卷《中國科
　　學技術史》中正式提出，其主題是：「儘管中國古代對人類科技發展做出了很多重
　　要貢獻，但為什麼科學和工業革命沒有在近代的中國發生。」

瑟並不是否定中國的科技，相反，他非常肯定中國的科技，他所要問的問題是：中國古代高科技非常發達，為什麼到了近現代幾乎為零。

「落後就要挨打」、「中華民族到了最危險的時刻」，這些不是偽命題，這是科技落後的問題。「漢字不滅，中國必亡」，也正是在中國科技落後到處被人鞭打的困境中發出「最後的吼聲」。

「東亞病夫」的本質不是體質，而是科技太弱。科學技術是第一生產力，與「羊」字精密相關的「美學」就是在這樣的大背景下被引進到了中國。

自從對「美」字的解讀出現在《說文解字》中以來，一直都被廣泛地解讀為「羊大為美」。近二千年來，幾乎沒有人懷疑過，直到今天，在各類大大小小的漢語字典中，包括《新華字典》、《辭海》、《詞源》、《康熙大字典》近一百部字典中無一例外地都是以《說文解字》為範本，同時包括段玉裁在內的「說文四大家」們對「美」字的注解。

在二〇一七年新星出版社出版的《小學識字教本》中對「美」字有了不同的解讀，本書是陳獨秀先生早年的獨著，他根據甲骨文「美」字的造型，大膽地提出「羊大為美」是誤讀，而他的判斷是，「美」字是站立的人，頭戴羽毛，用以裝飾，並以此為美。這樣的解讀以前也零零散散出現在某些文章中，但是沒有形成氣候，「羊大為美」仍然是主流，是經典，是權威，中國人都是在「羊大為美」的滋味中，美美地生活了幾千年，直到今天，中國文字學會會長黃德寬教授在他二〇一五年出版的《古文字學》中，仍然視「羊」為羊，雖然對個別漢字產生了懷疑，但是通篇還是以《說文》為範本。

一個從沒有見過甲骨文的許慎，我們今天解讀甲骨文的時候為什麼要以他的字典做範本。

美學作為一個學科，從上個世紀初傳入以來，經過幾代人的努力，在中國高校裡，從本科到碩士，從碩士到博士，從博士到博士

後，出現了一大批專家學者教授，從美是客觀的，到美是主觀的，美既是主觀的又是客觀研究美具有社會性的爭論，到今天的「美在意象」「美在似與不似之間」，從來都沒有離開過「羊大為美」。

　　具有代表性的是中國人民大學哲學院博士生導師，著名的美學家張法教授對「羊大為美」堅信不疑，他在〈「美」在中國文化中的起源演進、定型及特點〉的論文中對「美」字進行了詳細的論證：

　　「美字來源於遠古羌族的儀式。美是羌之一支的薑族進入華夏與東南西北各文化的互動中演進，由特殊之美而成為普遍性之美。美起源於羊人儀式整體，是人、羊、器、舞的統一，由此形成中國之美的整合性。羊人之美是在與各文化的牛人之美、羽人之美、玉人之美等的互動中，定型為既包含特殊之美而又超越特殊之美的普遍之美。在演進過程中形成了中國之美的特點。」[6]

　　儘管他言之鑿鑿，論證演繹推理有序，但是，他忽視了這一點，忽視了「羌」字在《說文解字》中的解讀。「羌：西戎牧羊人也。從人從羊，羊亦聲。南方蠻閩從蟲，北方狄從犬，東方貉從豸，西方羌從羊。」這種解讀的文化背景，是漢人自認為自己是會寫字的文明人，是對羌人對其他三方民族的種族歧視。對羊如此的鄙視的中原人這麼可能視「羊大為美」。

　　在商代，「羊」就不是一個吉祥物。

6　張法：〈「美」在中國文化中的起源演進、定型及特點〉，《中國人民大學學報》，2014年第1期，頁125。

廿五
天地有大美

　　「今山川效靈，三千年而一泄其密，且適我之生，所以謀流傳而悠遠之，我之責也。」一個多世紀前，學者羅振玉在朋友劉鶚家中初見甲骨，既驚又喜、大受震動後寫下這段話。

　　甲骨文是面前發現的最早的漢字，甲骨學作為是一門古文字學，包括整合歷史學、考古學、人類學等多個學科的理論、研究方法和材料來深入研究甲骨文所記載的歷史文化背景以及甲骨卜辭的一些自身規律，這是一門多元的專門性學科。自從一九三一年周予同首次提出「甲骨學」是一門獨立的學科以來，隨著甲骨學的發展，愈益為學者所認識。但是，即便如此，中國文字學會會長黃德寬教授還是提出了他的擔心和憂慮：

　　　　古文字學作為交叉學科的鮮明特點，自然也決定了古文字學人才培養的特點。古文字學家唐蘭曾說：『古文字學的功夫不在古文字』。當代著名古文字學家裘錫圭談道：學習古文字的方法時，特別強調『如果想學好古文字，必須掌握古文字學之外的很多知識』。這些意見既是他們自身的經驗之談，也說明了古文字學習所具有的學科特點。由於古文字學涉及多學科領域，一名合格的古文字學人才需要具備多學科的知識和能力，與一般學科相比，古文字學人才成長週期更長，培養難度也更大。正因如此，目前甲骨文等古文字研究雖然成就突出、湧現出多位學術大師和一批學術骨幹，但是總體上看研究力量不

足、後備人才匱乏依然是一個突出的問題，古文字研究和隊伍
現狀還不能很好適應新時代中華優秀傳統文化傳承發展的戰略
需要。需要突破常規……。[1]

二〇一九年十一月一日，「紀念甲骨文發現120周年座談會」在北
京人民大會堂舉行，會上有關專家代表就如何做好甲骨文的傳承發展
工作建言獻策，著名的甲骨學研究專家林澐先生在講話中提出：「不
僅是史學、文字學、語言學，還應有社會學、民族學，甚至天文學、
動物學、植物學、化學等多學科的專家參與進來。這樣擴大視野，遲
早會使甲骨學變成顯學中的大顯學。」

漢字起源於天文學，這就是我們的初步結論，但與說不清道不明
眾多紛雜的起源學相比，我們似乎看到了希望，也順應了潮流。從天
文學入手，從「羲」入手，從科學時間的原理和方法入手，也許就是
一個突破口。

中華民族之所以被稱之為「龍的傳人」，因為「龍」字的甲骨文
就是「陰陽圖」的最初原形，是太陽在地球上垂直投影所走的「S」
路線，伏羲就是通過通過「立竿見影」，發現了「二分二至」的規
律，並用圖示文字的方式把「龍」文化播種在華夏大地上。

和龍字一樣，鳳的甲骨文就是「風」字，「風」字就是「太陽
風」的原形，人民給她起了個美麗的名字叫鳳凰，龍鳳呈祥就如它的
原形一樣，溫暖和諧地滲透在中國人的文化基因裡，我們都是龍鳳的
傳人。

「天地有大美而不言」。

天地有大美，大美來自天地，天地間日月星辰，晝夜運轉，春夏

---

1 黃德寬：《光明日報》，2020年1月16日08版。

秋冬，寒來暑往。面對浩如煙海的漢字世界，我們還不能找到每一個漢字的源頭，但是，正如面對咆哮的黃河，當我們走到黃河源頭的時候，只能看到冒水的泡沫，可又誰敢否定那就是黃河的源頭呢。

如果說五千年漢字文化是一條長江，而《說文解字》就如同三峽大壩，看似洶湧澎湃，但那裡肯定不是源頭。無論朝代如何更替，天地運行規律不會改變，向經典致敬，我們要有學習經典的精神，也要有向經典質疑的勇氣。天地中還有更多的大美等待我們去發現，還有更多的關於美的學術思想等待我們去探索。「美美與共，天下大同」才是人類的共同嚮往。

漢字起源於天文學，起源於科學時間的原理和方法。這就是我們的結論。

致敬伏羲，致敬我們偉大的文明。

下部
案例論證

一

「磁山文化」遺址中指南針實證研究

> 河北邯鄲武安磁山，被稱之為「指南針的故鄉」，但是，指南針起源於什麼年代至今沒有定論。本文結合古代文獻，並通過實地考察，認為「磁山文化」遺址中的石磨盤、石磨棒、陶盂、石器「組合物」並不是現在官方認定的糧食加工工具而是上古先人留下來的「指南針」以及製作「指南針」的工具，而這些器物經過中國科院考古研究所碳-14測定，距今已經有了七三五五年至一萬年的歷史。

作為中國古代「四大發明」之一，指南針的發明對人類科學技術和文明的發展，起了不可估量的作用。但是，指南針發明的時間至今仍未有結論。在中國古代文獻中，有關指南針的最早記載是在戰國時期，即西元前四七五年至西元前二二一年。據典籍記載，有關指南針的事件和典籍作者，都在古代以邯鄲為中心的燕趙文化區域內；中國古代指南針，全都是用天然磁石磨制而成；產天然磁石的只有武安磁山，因此得出結論，在春秋戰國時期有可能製造司南[1]的地方，只能在以邯鄲為中心的燕趙文化區域內，而其中的武安磁山極有可能就是

---

[1] 司南是中國古代辨別方向用的一種儀器，是古代華夏勞動人民在長期的實踐中對物體磁性認識的發明。據《古礦錄》記載最早出現於戰國時期的河北磁山一帶。見百度百科，網址：https://baike.baidu.hk/item/%E5%8F%B8%E5%8D%97/3671419

指南針的故鄉。但是至今為止，所有的記錄只存在紙面上，並沒有實證研究。另一方面，在武安「磁山文化」遺址中發現的成套的類似製造司南的「組合物」存在種種謎團。

（一）武安「磁山文化」遺址中的「組合物」

「磁山文化」，是指分佈於中國華北地區的一種新石器時代文化，因首在河北省邯鄲市武安磁山發現而得名。磁山文化是仰紹文化的源頭之一，也是華夏族文化的源頭之一。

在考古發掘過程中有一個奇怪的現象讓眾多考古專家深感疑惑。在如此小的遺址上，竟有幾十個有規律地集中擺放的「組合物」。這些「組合物」多由石磨盤、石棒、石鏟、石斧、陶盂、支架等組成，每組一般四件，而且大都按生石鏟石斧等、石磨磐石棒等、陶盂支架等分組分類放置，擺放的次序非常明顯。這在國內其他新石器遺址中非常罕見（圖1）。

圖1 文字和圖片來自百度百科

最早的時候，有一些專家推測，該遺址可能是先人們的墓區，這種「組合物」是隨葬品。可是經過數年大面積的普探、試掘，加之遺址週邊的調查，並未發現人骨和有關喪葬的痕跡，相反倒發現了大量鳥骨、獸骨，甚至很小的魚刺等。有的專家依據「組合物」的擺放特點，認為這裡也許是一個原始人的居住區或糧食加工場所。但他們同樣也未能找到相應的證據，因為這裡並未發現所謂的生活起居區，就是房基也僅發掘出二座。另外，如果是一個糧食加工場所或生產勞動場所的話，那麼每個坑內應有相應的活動空間，而實際上每組「組合物」所占的面積卻很小，有的還不足兩平方公尺。

隨著時間的推移，還有一些專家、學者大膽地提出了這樣一個可能：這些「組合物」是先人們按照一定的思想意識和習慣格式特意堆集在一起，專門用來「祭祀」靈魂或某種崇拜的遺跡。

無論是哪種說法，他們都沒有為自己的觀點找到充足且準確的證據。

（二）甲骨文中指南針的象形文字

甲骨文，是中國一種古老文字，又稱「契文」、「甲骨卜辭」、「殷墟文字」或「龜甲獸骨文」。是我們能見到的最早的成熟漢字，主要指中國商朝晚期王室用於占卜記事而在龜甲或獸骨上契刻的文字，是中國及東亞已知最早的成體系的商代文字的一種載體。

甲骨文是河南安陽小屯村的村民們發現的，當時他們還不知道這是古代的遺物，只當做包治百病的藥材「龍骨」使用，把許多刻著甲骨文的龜甲獸骨磨成粉末，浪費了許多極為有價值的文物，後來，晚清官員、金石學家王懿榮於光緒二十五年（1899）治病時從來自河南安陽的甲骨上發現了甲骨文所在地。百餘年來，當地通過考古發掘及其他途徑出土的甲骨已超過一五四六〇〇塊。此外，在河南、陝西其他

地區也有甲骨文出現，年代從商晚期（約西元前1300年）延續到春秋。

　　李宗焜（1960-）在他的著作《甲骨文字編》中，收錄了截止二〇一〇年底所見的所有的殷墟甲骨文字，共計單字四三七八號，在這些單字中，可釋的只有一六八二個，擬定的有二三六九個，另外還有殘文五十二個、摹本二十六個、合文三二八組。

　　在這些甲骨文中，我們發現大量的與磁石、磁線相近的文字圖形，其中最突出的圖形從形態上來看，極有可能是指南針（水浮式）的象形（圖2）。

　　關於指南針的裝置方法，科學家沈括（1031-1095）介紹了四種方法：

一、水浮法指南針──將磁針上穿幾根燈心草浮在水面，就可以指示方向（圖3）；

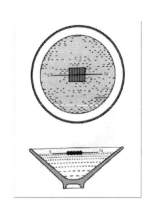

圖2　甲骨文中「指南針的象形文字」

圖3　水浮式指南針示意圖

二、碗唇旋定法指南針──將磁針擱在碗口邊緣，磁針可以旋轉，指示方向；

三、指甲旋定法指南針——把磁針擱在手指甲上面由於指甲面光滑，磁針可以旋轉自如，指示方向；

四、縷懸法指南針——在磁針中部塗一些蠟，粘一根蠶絲，掛在沒有風的地方，就可以指示方向了；

五、支撐式指南龜——將指南針換做為一個龜形磁石，頭指南，尾指北。

在我國，從戰國時期到東漢初年，鐵器的使用開始普遍起來，成為了我國最主要的金屬。鐵的化合物四氧化三鐵就是磁鐵礦，是早期司南的材料。沈括生活在一千多年前的北宋年代，那時，鐵器製作已經完備，製作指南針只要將鐵針磁化即可，但是在商代以前，鐵器還沒有形成的年代，人工磁鐵也就是指南針是如何製作，又將如何使用的呢？

（三）「水浮式」指南針與「組合物」之間的關聯

1　水浮式指南針的製作方法

我們在英國近代生物化學家、科學技術史專家李約瑟（1900-1995）主編的《中國科學技術史——物理學卷》第四〇三頁中找到這樣一段描述：

> 宋代李昉編撰《太平禦覽》中也收錄了這兩條文字。包括清代的各種輯錄本在內，這兩條文字稍有不問。其中關於「磁石拒基（棋）」的清代輯本文字較清楚，它寫道：「取雞血（與）作針磨鐵搗之，以和磁石，日塗基頭，曝幹之，置局上，即相拒不休」。
> 據研究，「作針磨鐵」或「磨針鐵杵」都是一類事物名詞，即磨針所用的鐵。由於經常在一個方向磨，該鐵就具有磁性。鋼

銼總附著鐵屑，就是鋼銼在銼磨中被磁化的結果。高硬度的磨針鐵很脆、不用大力即可搗碎。它與現代硬質合金鋼不同，否則，搗碎力大，則可能退磁。雞血是這些粉末的凝固劑和膠合劑。粉末在雞血中彼此取向會趨於一致，而使磁矩加強，直到鴉血凝固為止。這樣多次塗抹而成為一小磁球。另一種看法是將這樣的粉末和雞血塗在方形小棋子上，從而棋子兩端形成不同的極性……。

這段描述雖然沒有直接說出指南針的製作方法，但是我們已經從中可以看出，利用磁粉和雞血可以進行「人造磁石」的可能。

明末方以智對此也曾記述道：

磁石拒碁者，取雞骨作針，磨鐵搗之，以和磁石，日塗其頭，曝幹之。置局上，即相擊不休。

李志超先生在他的著作《天人古義——中國科學史論綱》對這段原文作出這樣的解釋：

「作針磨鐵」是一個名詞，即磨針鐵，經常在一個方向上磨，就有磁化，如現在的鋼銼，總吸附著鐵屑。這種高硬度鐵是脆的，可以搗碎，不用大力。與現代硬質合金鋼不同，否則如搗碎用力大，則可能退磁。把這種人工永磁體粉末和在雞血中，塗在一塊接近球狀的天然磁石外面，開始時粘度不大，粉末顆粒可以自動取向，互相的磁矩平行加強，總體成一大磁體，過一段時間雞血凝固了，就不會變回去了。多次塗抹令其近於完善的球形。這樣做的必要性是因為，天然磁石不便於精細加工

形成光滑的球，一是天然磁石很脆，二是經過雕琢會嚴重退磁。

這一條說明：當時人們不僅有天然磁石，還會製作人工磁體。這也是本條史料的價值所在。

而另外一位學者王振鐸，在他所著的代表作《司南指南針與羅經盤——中國古代有關靜磁學知識之方法及發明》中有這樣的描述：

此種賦磁性之鬥棋製法，以針鐵磨搗之，而用雞血為膠合劑，塗磁石粉於棋頭，此間當注意者為針鐵乃煆針之鐵，即鐵之精者。將針鐵與磁石粉塗於棋頭，用日光曝乾雞血，則棋頭之磁石針鐵膠合其上。按針鐵近鋼，富抗磁力。和以磁石，則賦磁性。文中但記針鐵需磨搗。《禦覽》兩記磁石為相和，不需磨搗。按磁石一經擊震，則磁性頓失。古人但記和以磁石，似對磁性之消失，知之甚晰也。《物理小識》記《磁吸引術》條下云：賣丸者，燒香入金蝦蟆口，人驚視之，故買其藥。蓋與木馬自走，紙人自舞同法。一處用鐵漿，一處用磁吸也……。磁石拒棋者，取雞骨作針，磨鐵搗之，以和磁石。日塗其頭，曝乾之，置局上，即相擊不休。漢所謂鬥棋，即此術乎？……方氏所記日塗其頭者，意在加厚磁石分子之膠合面，以增長磁力。其膠合劑自來即用雞血，或針用雞骨者。……古人以雞為卜者。如《漢書》記粵人信鬼而以雞卜，注謂以雞骨為卜。用小雞撲殺之，取其脛骨，用麻線束之，以竹挺插所束處，俾兩骨相背。視兩股之側所有細竅，以定吉凶。此法今雲南某些族尚保留之。至如以雞血為祭，以雄雞為靈魂之象徵，今漢族中且多有之。古之以雞血為膠合劑者，其取在以為雞賦靈性耳。此種以磁石粉搗和抗磁性較強之鋼鐵而制之人造磁體……。

通過這段描述，我們得知在沒有鐵針的年代，雞骨成為取代鐵針的可能，雞骨由於空心輕質，自然浮在水面，通過雞血慢慢凝固使其表面附有磁粉，放入水面自然指向南北。

而在「磁山文化」遺址中的現場，考古工作者發現了雞骨，雞骨經過生物學專家的檢測，認定全是雄性雞骨（圖4）。雞血本身含有鐵質，而雄性雞血比雌性雞血具有更多的血紅素。

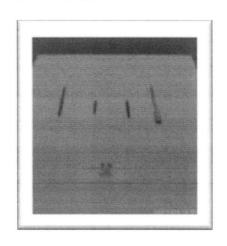

圖4 雞骨（攝於「磁山文化博物館」）

這些研究內容與「磁山文化」遺址中的「組合物」有很多的相似之處，是否這些「組合物」就是指南針的製作物呢？根據以上內容，我們試圖將指南針的製作方法通過演繹法進行推測。

2 用「組合物」製作指南針的方法

一、取天然磁礦石，用石器敲碎，放入石磨盤，用石棒單方向快速研磨，直至粉狀；

二、雞血置入陶盆，放入事先準備好的細長雞骨，再把研磨好的磁粉撒入雞血中，待雞血慢慢凝固後，磁粉吸附於雞骨；

　　三、取出帶有磁粉的雞骨曝乾後，放入
邊沿有二個極點的陶盂中，雞骨浮在有水的
盂中，調整二個極點，自然指向南北。

步驟一　研磨磁粉

　　天然磁石從哪裡來？磁山又名紅山，屬
太行山餘脈，小摩天嶺終止於南洺河北岸，
海拔四二七公尺，是我國著名的鐵礦山之
一。由於鐵礦石裸露地表氧化赤鐵礦及半假
像赤鐵礦而呈深紅色，故有「紅山」之稱。
盛產礦石，多為磁性，能引針不墜。

步驟二　放入雞血

　　磁山所在的武安市，河北省直轄，邯鄲
市代管，位於河北省南部、太行山東麓，
晉、冀二省交界地帶，處在京津冀、中原經
濟區兩大國家戰略「交匯疊加區」，距晉冀
魯豫四個省會城市均在二百公里左右。武安
市是一座以工業為主的新興城市，礦產資源
以鐵、煤礦為主，是全國五十八個重點產煤
縣（市）和全國四大富鐵礦基地之一，總面
積一八〇六平方公里。

步驟三　置入淘盂

　　這裡有得天獨厚的天然磁礦石，在中國
的歷史上有著重要的地位，在這裡發現磁
石，製作人造磁石，用於製作指南針，並由此開展一系列的有關磁性
研究，追蹤天體運動，觀察太陽風暴都具有獨一無二的先決條件。在
「磁山文化」遺址現場，考古工作者一共發現一二〇套「組合物」
（圖5），「組合物」每組一般四件，而且大都按石鏟石斧、石磨磐石
棒、陶盂支架分組分類放置，擺放的次序非常明顯。這些文物以及遺
址目前陳列在「磁山文化博物館」裡，「磁山文化博物館」屬於國家

文物保護單位，現免費供人參考。有一點需要說明的是，陳列的器物
大部分是仿品，另外邯鄲市博物館，河北省博物館，河南省博物館，
還有中國國國家博物館都有陳列。石磨棒和石磨盤真品表面有黑斑，
這正好說明石磨棒和石磨盤的功能，黑斑是當時磨磁粉時殘留的粉渣。

圖5 「組合物」考古現場圖

　　磁山遺址「組合物」的分佈狀況、放置形式及器物本身是很有特
點，其組合關係及數量配置也是很有規律。這種現象表明，這裡的一
切並不屬於人們一般日常生活和生產活動的無意遺留，而是為了某種
特殊需要專門設置的，這種特殊需要就是指南針以及用來製作指南針
的全套工具。

　　除「組合物」以外，同時發現房基、灰坑及糧食窖穴外，還出土
了約五千餘件陶、石、骨、蚌器與簡形直壁孟，鳥頭支腳等器物和大
量的家禽、家畜骨骸，炭化粟、核桃。經中科院考古研究所碳-14測
定，這些器物距今七三五五年至一萬年。如果上述結論成立，則可以
推算出指南針的發明則是在距今七三五五年至一萬年間。

結論

　　通過甲骨文中「指南針」的象形文字結合考古實證以及參考古代文獻，以「三重證據法」證明「磁山文化」遺址就是上古先人留下來的與指南針有關的製作基地。本文提出的判斷和研究成果，是希望更多專家學者科學家，特別是天體物理學的專家們能到現場進行考察檢測，探索人工磁石的發現及其應用，探討「磁山文化」的本質，從而追尋代表世界文明偉大進步「指南針」的真正奧妙。

二
甲骨「四方風」天學解讀

「四方風」是著名的中國歷史文物，在一片牛肩胛骨上刻有二十四個甲骨文（殘，全文應為28字），記載了代表東西南北四個方向「風」的特質，現藏中國國家圖書館，是我國現存最古老的關於「風」的描述，已經有三千多年的歷史，但是自發現以來對其文字的解讀至今沒有統一，本文從中國古代天學入手，試圖解讀出與眾多專家學者不一樣的答案。

「四方風」是伴隨著甲骨文的發現而發現的，關於這片甲骨解讀者眾多，到目前為止還沒有一個標準的統一的被各界認可的文字解讀方案。

我們長期研究甲骨文，特別是對甲骨文中的天文學研究，我們發現漢字起源於天文學，甲骨文是最早天文觀測科學時間記錄的圖形，我們試用天文數學化學的常識來解讀這篇甲骨文字，並試圖揭開「四方風」中所隱藏的先祖研究天體物理學的秘密。

「四方風」文字方案：

北方曰宛　風曰役
西方曰常　風曰彝
南方曰礦　風曰微
東方曰析　風曰協

東方曰析　風曰協

南方曰礦　風曰微

西方曰常　風曰彝

北方曰宛　風曰役

縱覽甲骨文字，我們發現「風」字的字形並不是自然風，也不是動物性的鳥類，它是「太陽風」，是「太陽風」不同形態的象形。太陽每時每刻都在向外吹出能量粒子，這些粒子在行星際空間中一起像「氣流」一樣運動，今天我們把它稱之為被「太陽風」。「太陽風」主要由質子和電子組成，「太陽風」把太陽的磁場「凍結」在其中，彌散在整個行星際空間中，形成行星際磁場，在地球附近，行星際磁場和我們熟悉的地球偶極磁場相互作用，形成磁層。

生活在上古時代中原大地上我們的先人，長期觀察星際磁場的運行規律，並且用圖形的方式描述磁層的結構和方向，從而形成了大量的與鳥類相似的「鳳」的圖形，「鳳凰」就是「太陽風」的神話圖騰。

磁層的「太陽風」具有方向、速度和頻率，在不同的方向具有不同的節奏和運行規律，而「四方風」的文字方案正是描述「太陽風」四個方向磁場運行的軌跡和性質。

（一）東方曰析　風曰協

「析」字的左邊是上下二個箭頭對接，是地球自轉軸的象形。我們人類生活在地球上，總體的感覺總是地球向著東方不停的旋轉，而我們的祖先就用象形的圖形用字形表現出來。不僅僅是「東」字，「黃」字的本身就是地球的象形。「天玄地黃」，「黃」字的甲骨文不僅表現出地球的公轉而且還表現了地球的自轉。另外地球是圓的，靜止的時候我們只能看到一半，要想看到另外一半，我們就得象刨橘子一樣把地球的二面掰開，掰開後的地球向四方展開就是地圖，我們的先人把地圖稱之為「堪輿」，「輿」字的甲骨文就是用四隻手同時撕開地球表面的象形。還有很多字都能證明地球是圓，如西字、甾字、陳字還有車字，都與地球有關。

之所以扯上地球，是因為這片甲骨講的就是地球與太陽風的關

係，「東」字就是地球通過自轉軸順時針向東方旋轉的象形，而「析」字的右邊出現分支箭頭，並形成新的弧線磁層，從主軸中被分離出來。析的字義是分離、離析，而析的字形很好地說明瞭這一點。「協」字的原型是「劦」，「劦」字的圖形結構是三條弧線加上運動方向箭頭的組成，是三條分離出來的並行相同的磁層。「劦」，現在的字形是「協」，「協」的字義正是協同。

（二）南方曰磷　風曰微

　　「磷」的原型是「舜」字，磷火俗稱「鬼火」，通常會在農村多於夏季乾燥天出現在墳墓間，原因是人的骨頭裡含有磷元素，屍體腐爛後經過變化，會生成磷化氫，磷化氫的燃點很低，可以自燃，而「舜」字的造型就是一個躺在地的上的人體體周邊散發出物質的象形。磷火燃點低，是微火，與下面的微字吻合。微是微小、細微、微米、微積分的意思。「微」字的形態是把絲線不斷細分的象形。在上古時代，先人們用細細的不斷微分的蠶絲來測量投影的距離，目的用來計算時間，時間就是通影子在空間的移動計算出來的。上過時期的「四分曆」，就是用絲線通過測影進行計算得出的結果，四則運算三角函數幾何原理和畢氏定理還有圓周率都是在這些實踐的過程中被發現的。

（三）西方曰常　風曰彝

　　「常」字的中間一豎，與「析」字相同，是二個箭頭相對，是地球自轉軸的象形。沿著自轉軸畫了三個圓圈，「三」代表多，「多」就是重迭，不斷重迭的圖層就是常數，常數就是無限不循環小數，而無限不循環小數最具代表的就是圓周率。圓周率的符號是 π，π 就是彝，彝字就是圓周率的象形，從這片甲骨看上去還不太明顯，早期甲

骨中的「彝」更形象，在甲骨文中，彝字的字形就是一雙手，把一根直線轉動一周，在金文中的彝字已經在甲骨文的基礎上加上了「割圓術」的象形，而圓周率就是轉動一周後周長與直徑的比例，而這個比例就是無限不循環小數，「彝」就是三點一四無限不循環小數。

說到「彝」字，必然想到彝器，因為彝器乃是青銅器的本名，把「彝」字刻在青銅器上作為禮器，原來的意思就是希望天常地久，與「常」字吻合，會意成像圓周率一樣無窮無盡子子孫孫萬世享用。

在「彝」字前面經常會加二個字，一個是「寶」字，一個是「尊」字，「寶」字在甲骨文中就是被磁化過的具有永久性磁性的指南針的象形，而「尊」字右邊的「酉」字是漏刻之壺的象形，加了三個往下的點就是「漏」，這字應該讀「漏」，「漏」字是指帶孔的壺而右邊是「阜」字，「阜」字有三個臺階，「尊」字就是具有三級臺階「漏刻」象形。

「寶」代表空間，「尊」代表時間，加是代表 π 的「彝」字，「寶尊彝」三字組合會意成時間和空間的無限，與後來的「萬壽無疆」「萬歲萬歲萬萬歲」同義。壽是時間，疆乃空間。

（四）北方日宛　風日役

「北」字雖然看不到，但是，根據東南西北的順序推測，理應是「北」字。「宛」字雖有缺省，但是經過推測拼接想像，前輩已經認出是「宛」字。「宛」的意思是婉轉晃動，而「宛」字甲骨文的字形也證明了這一點。「宛」字是寶蓋頭下一個人和一個晃動的腳趾。而「役」字字形是一隻手拿一把小銅刀和一個跪地而坐的人的組合，這個小銅刀就是先人們用來刻甲骨文的。「役」同「役」，是驅使的意思。

說到「四方風」，還有一個重要的甲骨文字需要解讀，那就是「四方風」所組合的圖形，「四邊有木，中間有鳥，有時候鳥的頭上

還有個日字」，這是「太陽風」的記錄圖形，這個圖像被固化以後就成了「夏」字，「夏」字就是夏代的圖騰，「四方風」就是「夏」字，「風王有令」，夏王自稱為「風王」。

　　「天文祖，人文先」，「祖」是祖制，「先」是先後，夏族「四方風」就是我們華夏民族的共同祖先。

三

發現夏代文字

夏代文字一直成謎，影響到華夏文明歷史的發展進程，甲骨文被發現一二〇年以來，一直被認定為商代文字，而通過我們研究發現，夏代文字就在甲骨文裡，「花園莊東地」的甲骨就是夏代典型的文字版本，比商代甲骨文字更具有原始和圖像型。本文通過對「花園莊東地」甲骨文字分析，以時間、地點、人物的考訂方式，確定「花園莊東地」是夏代最後一位君主夏桀的手稿，是夏桀處理政務的記錄文本。

甲骨文被發現一二〇年以來，一直被約定俗成為商代的文字，而夏代的文字一直成謎，通過研究發現，甲骨文裡就有夏代文字，只是一直當成了商代文字。夏代文字主要集中在「花園莊東地」的甲骨裡，在這批甲骨中，與早期發現的甲骨明顯不同，不論是字體、版式還是記時間的方式，更重要的是作為夏代的代表人物風王、蚩尤、和夏代最後一位君主夏桀都出現在裡面，其內容涉及到官員任命、土地融合、觀星授時以及婚喪嫁娶等等，現在，我們以時間、地點、人物為主要元素逐一對照來進行解釋分析。

（一）時間

1　歲

在《爾雅》〈釋天〉中寫到：「夏曰歲，商曰祀，周曰年，唐曰載」，在「花園莊東地」的甲骨裡並沒有發現祀、年、載三個字的字

形，與之相反的只有「歲」字，「歲」字特徵比較明顯，符合古書記載，如花東3局部（圖6）：乙子歲三祖……。在所有「花園莊東地」有文字的六百多片甲骨中多次出現與「歲」字相同的字形和用法，而且都是與紀年有關。

圖6 歲（花東3局部）

2　日

在「花園莊東地」的甲骨裡，計日的方式大多數是單字，也有雙字計日，單字就是以「天干」十字的順序來輪流計日，由於單字的計日方式時間久了會出現混亂，後來才發展成「天干」和「地支」相結合的方式用以計日，天文曆法就是這樣慢慢成熟的，我們的祖先就是這樣通過不斷的觀察改革與總結實驗為我們現在完美的曆法打下了堅實的基礎。我們從這批甲骨中就可以發現從「天干」到「天干地支」相結合的發展軌跡，這種計日方式到了商代以後已經成熟，後來的歷朝歷代延續使用，符合歷史發展的規律。

3　叀

夏代的《連山》，商代的《歸藏》，周代的《周易》，並稱為三易，這是歷史中的交代，「連」字這是通俗的寫法，專業的寫法是「叀」字加一個「走」之旁，「叀」字的象形是從東方看北極連續不斷的旋轉，「山」字是方位的象形，在外形上像「牛」，但不是真實的牛，四面八方二十四方位，這是地上的方位，天上的有二十八宿，「牛」形指的是其中一個方位，也就是一宿，花東113局部「叀三牛於傅」（圖7）指的意思就是，在二十四方位中已經轉了三個方位，夏代人最早以火星為參照系，觀察火星在不同的方位來表示不同的歲

圖7 **叀**（花東113局部）

月，後來又發展成以帝星為中心的紀年方式，與「牛」一樣，「羊」字也不是真是的羊，「羊」字是太陽在暑面上測影移動的象形，是時間記錄的符號，是現在「表」字的最初原形，在甲骨文中，「羊」為「表」，「牛」為「向」，一個指時間，一個指空間，人之所以為人，是因為人類的歷史都是以時間和空間來確立的，這是中國最古老的科學思想。

（二）地點

1 花園莊

在整批「花園莊東地」甲骨裡，多次出現這樣的符號，如花東13的局部（圖8），在目前發表的與「花園莊東地」甲骨有關的學術著作和論文中，只是把它當成一個符號來使用，還沒有對應某一個字，而我們發現，這批甲骨的主角「子」要麼在這要麼在那，其中一個地點就是這個符號，我們在安陽當地的村民中瞭解到，他們只知道這裡曾經是「王的花園」，具體哪個朝代並不知道，而這個符號在商代的文字中並沒有出現，所以我們判斷，這個符號就是「花園莊」，是

圖8 花園莊（花東13局部）

「子」的「夏之帝都」。在夏代，文字還沒有成熟，還處在發展期，包括「花園莊」在內所有的地名都是以圖畫形式出現的。「子」除了經常在「花園莊」以外，還在另外一個場所經常出現，這個場所也是以圖畫形式表現的，如花東7的局部（圖9），從字形

上來看像「鹿」但又不是真實的鹿，因為
「鹿」角的裡面畫了很多個「口」字，
「口」字是天體視運動象形，這裡是「子」
的領地，是觀天體的基地，「夏之後宮」的
所在地，「逐鹿中原」中的「鹿」指的就是
這裡。

圖9 鹿（花東7局部）

2 豕

在「花園莊東地」六百多片的甲骨中，「豕」字以豬的象形不斷
出現，而且以不同的形態出現，有時多了幾條腿，有時肚子上長了一
個包，有時肚子上畫了一根線，有時肚子卻沒有了，只剩下了幾根骨
架，這不是什麼巫術，更不是什麼祭祀現場，通過我們綜合研究分
析，「豕」字雖然像豬但不是豬，「豕」字的字形就是夏代的領地地
圖，正如我們現在的中國地圖，外形像公雞一樣，當然也有的人認為
是山羊，但是無論如何，中國現在的地圖與真實的公雞和山羊無關，
「豬」是夏代地圖的象形，夏代文字還是初創期，很多意思沒有辦法
用文字表達，和上述地名一樣只能用圖，從花東108局部這張圖上我
們可以看出（圖10），豬的肚子部分已經從軀體中分離，表達的意思
是夏氏王朝出現危機，「子」痛心疾首，
很多屬地開始解體，最後只剩下一個軀
殼。「逐」字是一個「豕」字的豬形加上
腳趾的象形，會意成是夏氏王朝被追逐，
結合上面提到的「鹿」字，「逐鹿中原」
完整的意思就是這樣來的。

圖10 豕（花東108局部）

（三）人物

1 子

　　「子」是「花園莊東地」甲骨中的主角，很多研究中至今還不明確「子」到底是誰，但是卻給了更不明確的概念「非王占卜」，可是這個「非王」是誰。「子」就是兒子的「子」，這個兒「子」就是「蚩尤」，夏代實行的是世襲制，「子」是當時的執政王，上面還有「風王」掌管全域，所以「子」刻這些甲骨文的目的，一是記下自己當政期間發生的事件，二是要向自己的父王也就是「風王」彙報。這裡的「卜」字是「報」的意思，「卜」從來都與占卜無關，在所有的甲骨中找到任何所謂「占卜」的元素，「卜」字是立竿見影的象形，指的是測時，會意成報時、報告、彙報、報導的意義，花東420局部「戊卜風王令余」（圖11），「卜」字在這裡就是指在「戊」日這一天的報告，「風王令餘」這四個字的出現更具夏代特徵，「風」字不是鳥，只是象鳥而已，「風」字是「太陽風」運行方向的軌跡，「余」是執政王的自稱，如同皇帝自稱自己為朕一樣，「朕」是雙手立竿見影測時的象形，在這批甲骨中已經出現，「風王令余」的意思就是，「子」作為執政王接受「風王」的指令。

圖11　風王有令（花東420局部）

2 風王

　　歷史中記載，伏羲家族姓風，以風為姓，風姓是中國最為古老的姓氏。根據《帝王世紀》和《竹書紀年》的記載，中國上古三皇五帝

之首伏羲氏的父親燧人氏就是風姓，伏羲氏隨父姓風，義妹妻子女媧氏隨夫姓風。「風王」在這裡出現，顯然與商代無關，而在這批甲骨裡，「風」字大量出現，與不同的字組合，意為著這裡是風姓王朝。

3 婦好

在所有的有關甲骨文的研究中都把「婦好」指向為商代武丁的妻子，因為「婦」字的繁體「婦」字的一邊看上去像個掃帚，如花東195局部（圖12），女人掃地所以用「帚」字指代，這樣的解釋明顯違背最基本的常識，因為，如果「帚」字與「掃帚星」關聯，帝王又這麼能以「災星」來象徵自己的女人，而且還把它可在特製的青銅器上，對「帚」字的解釋是道德的判斷，而不不是字的原形，「帚」字原形其實就是早期的「帝」字，是北極星的象形，帝星是宇宙的中心，所有的星星都圍繞著它轉，「帚好」連起來的意思是「帝女子」，是帝王的一部分，是「帝王配偶」的專用名詞，之所以被稱之為婦好，那是因為到了周代，周氏集團在商朝的末期，多次被「婦好」領導的軍團打敗，所以在取得政權之後，對文字進行改造，很多漢字被強加於道德指標，如「鬼」字、「寶」字、「臣」字，最突出的就是「卜」字和「婦」字。現在，我們從另一個側面來證明「帚」字就是「帝」字，花東124局部（圖13），這張圖示文字表現的是帝王娶妻時的場景，「帚」字的帚尾明顯插

圖12 婦好（花東195局部）

圖13 帝王娶妻
（花東124局部）

在帝王的頭上，而不是插在他的女人的頭上。

　　在所有的甲骨文中並沒有什麼妖魔鬼怪，更沒有什麼神仙巫婆，那是一個中國歷史上非常童真的時代，每一個字都乾乾淨淨。

圖14　夏之王陵（花東195局部）

　　在「花園莊東地」的甲骨裡，「子」與「婦好」多次相逢，最後一次是「婦好」去世，「子」為她準備了厚葬，葬的地點正所謂「夏之王陵」。「夏之王陵」也是以圖形的形式出現的，請看花東195局部（圖14）。

4　夏桀

花東130局部（圖15），中間那個字這是夏桀的「桀」字，「桀」

圖15　桀（花東195局部）

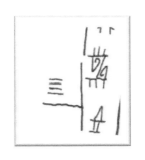

圖16　蚩（花東480局部）

字二邊是對稱的「山」字，「山」字不是普通的山，上面提到「山」是方向，這裡的「山」字是「二分二至」的象形，夏桀的祖先伏羲就是通過立竿見影發現了太陽運行的規律，從冬至代夏至，從夏至到冬至，周而復始，這是伏羲家族獨享的「圖騰」，比「桀」字更霸氣的是「蚩」字，請看花東480局部（圖16），上下二個都是「山」字，中間的是雙向「S」形，這就是陰陽太極的最早原形，它揭示了時間在空間上的運行規律。「蚩」字除了在「花園莊東地」的甲骨中出現以

外，在其他的甲骨文中也有多次出現，只是造型稍有不同，都是其形的構造原理並沒有改變，對「龍」字的信仰還是很晚的事，「龍」字本身也是「S」形，是太陽一年內在地球上的垂直投影所走過的具體路線。「龍」字後來才被皇家利用，用以皇權的象徵，有人提出，「龍」字是天上星座的象形，一個星座只是能夠看得見的星空中的一個局部，而龍是看不見摸不著的，但是它又無所不在。

　　「桀」是夏代的儲王，是夏代的「末代帝王」，我們在這批甲骨中發現作為儲王的夏桀有幾次被蚩尤任命，後來又被罷免的的記錄，掌管夏氏王朝最後政權的還是蚩尤，蚩尤後來被商湯追逐，部分移民到了大山深處苗族的領地，苗族頭飾的造型就是「山」字形（圖17），與「蚩」字的字形相同，這是夏代的遺風，夏代滅亡後，留在商王朝的遺民並沒有忘記他，直接今天，當地的人民還給他塑造神像，蚩尤的頭部仍然保持著「山」字形（圖18）。

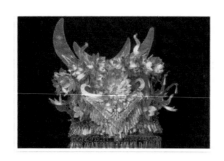

圖17　苗族頭飾　　　　　　　　圖18　蚩尤雕塑

　　「商」字也多次出現，但是都是「子」的從屬地位，這一點反證了這批甲骨屬於夏朝。「商」就是現在的商丘，商丘原來就是夏代的屬地，其主要任務是為夏王朝提供觀星服務，有著四二〇〇年歷史的商丘觀星臺至今還在（圖19），只不過當地人稱之為閼伯臺，民間也稱火星臺、火神臺。

圖19　商丘觀星臺實景

結語

　　北京大學李零教授在《郭店楚簡校讀記》的前言中寫到，如果把古書比作一條藏在雲端的龍，宋元以後的古書是它的尾巴，敦煌的發現是它的身子，那麼郭店楚簡的發現就是它的脖子，我們離看到龍頭的日子已不太遠啦。

　　如果說「花園莊東地」的甲骨是夏代的文字，就很有可能比這更早的文字，我們正沿著這條思路繼續前行，我們期待龍頭就在那裡，那裡有中國最古老的古書，也許就是那麼幾個零星的圖形，正如黃河源只有幾個散落的水泡，貌不驚人，可又誰敢否定那就是奔騰黃河之水的源頭。

　　在中華民族復興的今天，我們希望龍以全身的面貌出現在世界的東風，閃爍著中華文明的燦爛與輝煌，這一天我們認為它不會太久，這一天肯定會來。

四
安陽小屯北甲骨釋讀
（合集 137 正）[1]

這是一篇商武丁時代關於醫療的報導，月刊，分三句，文如下：

　　癸卯報：爭貞，旬末呈，甲辰，大煞風止夕，毀二子，救五
　　　　　　人⋯⋯。
　　癸丑報：爭貞，旬末呈，王授曰，無求無疾，甲寅允無來鼓，
　　　　　　又告曰，無往，芻自溢，十人無二⋯⋯
　　癸丑報：爭貞，旬末呈，三日，乙卯，無鼓⋯⋯，丁子，嬰子
　　　　　　喜尿，鬼亦得疾。

　　癸酉：指日期，商代採用「天干」計日，十日為一旬，癸是「天干」中的最後一個字，所以「癸酉」指的是旬末的卯日。

　　報：原文「卜」字，在目前發現的所有甲骨文中，卜字成千上萬，不計其數，但是不外乎二種形態，一種是中間一豎，左邊開叉，另一種是中間一豎，右邊開叉。「卜」字是立竿見影的象形，一豎就是立桿，開叉就是影子，立桿主要目的就是通過日影的左右移動來判斷時間，從早期的日晷到現在手錶，其運行原理並沒有改變。「卜」是報時間，「告」是報地點，這是「報告」二字的原意。「卜」字用在這裡會意成對事件的報導。

1　甲骨介紹：商代晚期，武丁時代，牛肩胛骨，殘長二十九點五公分，殘寬十五公分，傳出安陽小北屯。先藏中國國家博物館。

　　爭貞：「爭」字的字形是用手號脈，是中醫的象形，「貞」是指為王做事的人，大人的名稱，在商代大人稱之為「貞」，「貞人」就是為商王做事的人。「貞」字的字形是來自於為了立竿見影而建造「圭表」的腳手架，在甲骨文中，貞字前面還有很多不同的字，正如現在的不同部門。「爭貞」，這裡是指主管醫療衛生的大人，整片甲骨上中下三個欄目的內容都與生老病死有關。

　　旬末呈：「旬」字就是從一到十迴圈的象形，中間「末」字原來是「亡」字，連在一起，旬亡的意思就是一旬結束，「亡」字現在總是與死亡聯繫在一起，所以在這裡，我們把它會意成「末」字，意思接近「週末」，符合現代的語境。與「呈」字對應的甲骨文是「口」中一個「卜」字，從字形到會意再到指事，我們認定這個字為「呈」字，「卜」字是報，報出來的消息需要專人報導，「呈」是「報」的高一級層次。「旬末呈」，連起來的意思是這旬的最後一天呈報。

　　王授曰：「王」字已經被認可，但是廣泛被解讀為斧鉞的象形，但是我們認為「王」字是測影臺的象形，二千多年前的「周公測景臺」至今還在河南登封的告成鎮。「周公測景臺」上半部分是表，下班部分是圭，從正面看就是一個「王」字。「敬授民時」，掌管一年四季運行規律的就是王，伏羲就是最早的王，「二分二至」就是伏羲通過立竿見影測繪出來的太陽在地面上的運行軌跡。

　　「授」字在這片甲骨上的形態是「卜」字下面有個「口」字，「卜口」二字外面還有一個「口」字，我們認為這是授字，是授權的意思，是王的特權，正如現在的官方發言，從「報」到「呈」再到「授」，三個字的甲骨文字形是三層遞進的關係，「授」是「報」的最高級形式。

　　煞：「煞」字看上去就是一把大刀，用在「風」字前面，指的是殺氣騰騰的大風，大煞風。

毀：「毀」字的形態是作為工作臺的曷面被風撕裂，會意為毀滅，死毀的意義。

救：「救」字的形態是指「測影臺」底座上下二個方向滑動，在上面加了一隻腳，會意成制止，拯救的「救」字，救死扶傷的「救」。大煞風一直刮到晚上，後果是死了二個，救了五個。

鼓：「鼓」的字形是一人跪在「壴」字旁邊，「壴」字指的是陳列而上見，測量方位的工作臺，河南方言「搗鼓」的原形，意思是做高深莫測的事，「鼓」用在王的身上就是理政，「無來鼓」就是沒有來「搗鼓」，原因後面有交代。

芻自溢：「芻」是芻的繁體字，「芻自溢」意思就是吃東西會自動溢出來，按現在的說法是「反胃」，商王原來是因為這個毛病所以沒有來上朝。

嬰子喜尿，鬼亦得疾：「鬼」在甲骨文中指的是小鬼，未成年孩子。「子」字前面加一個沒有睜開眼睛的小動物，會意成比小鬼還小的小孩子，應視為嬰兒，「喜尿」就是尿頻。「疾」字有很多不同造型，這裡看上去是一個人躺在床上發汗。這句段連起來的意思就是，除了嬰兒尿頻以外，小鬼也發燒感冒啦。

這是一篇商代主管衛生的貞人關於醫療的報導，按現在的說法是期刊，或者叫內部通訊，一月一期，同樣的形式在甲骨中還有，這片甲骨雖然還有幾個字看不清，但是不影響閱讀整篇內容，與占卜無關。

五
商代月報（期刊）的發現

　　這是一片甲骨，名稱是《王賓仲丁卜骨》（圖20），現藏於國家博物館，相同內容還有一片藏於上海博物館。我們習慣認為甲骨是商王用來占卜的，但是，通過我們研究發現，這是一份月報，是商代的官方傳媒，是期刊，類似於《人民日報》和《求是》雜誌的合體，在這片甲骨中具備了今天主流媒體的所有元素。

圖20　王賓仲丁卜骨原圖

　　月報的版面分為上旬、中旬和下旬三個欄目，主要內容是通過商王「發言人」的形式報導一個月內發生的重大事件，人物涉及到商王、王后、妃子、大臣、侍衛、王子、公主還有羌人以及持有導航儀器的商王專職司機，內容涉及到商王的精神面貌、外出狩獵、住所去向以及代表官方價值觀的主流思想，除此之外，月報中還包含發行監管部門、製作單位以及對先前報導的事件進行後續跟蹤（圖21）。

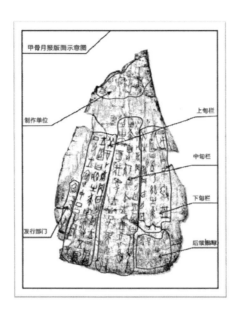

圖21 甲骨月報版式圖

上旬：癸酉報，消貞旬末呈，王，二曰，王授曰：余無求無
　　　疾，五日，丁丑，王賓中邑，址在。

中旬：癸子報，消貞旬末呈，王授曰：氣滋亦無求，若稱，甲
　　　壬，王往逐兔，小臣有車馬，碬駕王車，子央亦隨。

下旬：癸未報，消貞旬末呈，王授曰：都，氣滋無求，六日，
　　　戊王子釋囚。

後續：一月，己卯，妃子廣入，宜羌十。

監管及刊號：庭，阜，十月。

接下來，我們將對每一個欄目、每一句話、每一個單詞、每一個字進
行分析解讀。

（一）上旬內容解讀

　　上旬：癸酉報，消貞旬末呈，王，二曰，王授曰：余無求無疾，五日，丁醜，王賓中邑，址在。

　　癸酉：指日期，商代採用「天干」計日，十日為一旬，癸是「天干」中的最後一個字，所以癸酉指的是旬末的酉日。

　　報：原文「卜」字，在目前發現的所有甲骨文中，「卜」字成千上萬，不計其數，但是不外乎二種形態，一種是中間一豎，左邊開叉，另一種是中間一豎，右邊開叉。「卜」字是立竿見影的象形，一豎就是立桿，開叉的就是影子，立桿主要目的就是通過日影的左右移動來判斷時間，從早期的日晷到現在手錶掛鐘，其運行原理並沒有改變。「卜」字是報時的代名詞，用在這裡會意成為對事件的報導。

　　消貞：在商代「貞人」就是為商王做事的人。「貞」字的字形是「舟」字二橫上下分別畫了四個角，是「雙至」太陽高度夾角的象形，在商代的甲骨文裡，「貞」字前面還有很多不同的字，不同的字與「貞」字組合表達的是做不同的事，正如現在的不同部門。「消」字也是象形字，左邊一個「肖」字，是「月球隨時間的推移而消長變化」的象形，右邊是一隻手持有一把小刀，燒錄的象形，「消貞」就是發佈消息的「貞」人。

　　旬末呈：「旬」字就是十日從一到十迴圈的象形，中間「末」字原來是「亡」字，連在一起，旬亡的意思就是一旬結束，「亡」字現在總是與死亡聯繫在一起，所以在這裡，我們把它意譯成「末」字，意思接近「週末」，符合現在的語境。與「呈」字對應的甲骨文是「口」中一個「卜」字，從字形到會意再到指事，我們認定這個字為「呈」字，「卜」字是報，報出來的消息需要專人「呈」報，是

「報」的高一級層次。「旬末呈」，連起來的意思就是在這旬的最後一天呈報，符合月刊旬欄的性質。

王授曰：「王」字被廣泛被解讀為斧鉞的象形，但是我們認為「王」字是測影臺的象形（圖22），二千多年前的「周公測景臺」至今還在河南登封的告成鎮。「周公測景臺」上半部分是表，下班部分是圭，從正面看就是一個「王」字（圖23）。「敬授民時」，掌管一年

圖22 周公測影臺

圖23 「王」字甲骨文

四季運行規律的就是王，伏羲就是最早的王，「二分二至」就是伏羲通過立竿見影測繪出來的太陽在地面上的運行軌跡。

「授」字在甲骨上的形態是手拿「舟」交給一隻手的象形，我們認為這是授字，是授時的意思，授時是王的特權，正如現在的官方發言，從「報」到「呈」再到「授」，三個字的甲骨文字形是三層遞進的關係，「授時」是「報時」的更高級形式，「授時」授的是「年曆」，「報時」報的是當時。

余無求無疚：「余」字和「朕」字的意義一樣，從二者的甲骨文字形上來看都是親力親為的會意，是「王」的自稱，「無」字大部分

人譯成「有」字，而我們認為是「無」字，
「山」字中間一豎沒有出頭是沒有的意
思。「求」字已經認可。「疢」字的甲骨文
字形是手持石磨棒在石磨盤磨磁的象形（圖
24）。余無求無疢」，內含勤政節儉，這種
語氣是一種價值觀，是作為一個商朝的主
流思想。

圖24 「疢」字的甲骨文

　　王賓中邑：賓，是賓館的意思，不是
長住的地方，邑是商代的皇宮城邑，城邑
分東南西北中。「五日，丁丑，王賓中
邑」，意思是：王在丁丑這天，要住中邑五日。

（二）中旬內容解讀

> 中旬：癸子報，消貞旬末呈，王授曰：氣滋亦無求，若稱，甲
> 壬，王往逐兔，小臣有車馬，碨駕王車，子央亦隨。

　　癸子報，消貞旬末呈，王授曰：這段長句和上旬是一樣的，只是
時間的不同，格式同一，符合期刊的表達方式，下旬也同。

　　氣滋：「氣」字原形，是太陽直射地面引動氣流的象形，那是最
早的中國哲學，認為氣是生命的起源，「茲」是「磁」，磁是「磁
養」，等同於現在的「滋養」，「氣滋亦無求」是在上旬「無求無疢」
的基礎上又加上生命氣息，這是由內而外表述商王的精神面貌和價值
思想。

　　若稱：「若」原形是雙手插頭髮，使其理順，後被會意成「諾」、
「諾言」、「承諾」。

　　逐兔：從二字字形連起來看，前面是一頭豬，中間一隻腳，後面

一個兔子，豬加腳已經是一個固定的字，泛指追趕動物，「逐」字，後面的一個動物，是兔子的造形，狩獵在這裡性質是抓兔子。

小臣：「臣」字是用眼睛行注目禮的形態，是伺候商王的人，這裡是指辦事員兼護衛。

有車馬：「有」字看字形，中間一豎出頭，這是「有」字，與「無」字中間一豎不出頭相對，「有」字出頭，「無」字不出頭，後面的車馬二字很形象，不需解釋了。

硪駕王車：「硪：石岩也。從石我聲」（圖25）。這是《說文解字》對這個字的解讀，但是我們從這片甲骨文的字形上看，找不到任何依據。認真研究字形後發現，「硪」字的甲骨文是「我」字加二個不同角度的直尺。「我」字的甲骨文造形是中間一豎，左邊一個左旋九十度的「山」字，「山」在古代測繪學中指的不是真實的山，是方向，四面八方二十四方位，每個方位從中間看過去就象一個「山」字，這是「我」字的原始本意。「無」字的原形字，「山」字不出頭，也是來自這裡，意思是無方向，找不到北。

圖25 「硪」字的甲骨文

商王要到郊外逐兔，路途相對較遠，除了安全，更需要導航，商代人的做法是，在原來的地方通過日影在晷面上畫上座標方位，出發的時候再用直尺對應原來的座標，這樣就不會迷失方向，「硪」字在這裡就是導航的象形，導航需要專業技術人員，「硪駕王車」，所以由他來親自駕駛商王的專車。

子央亦隨：「子」，王子，商王的兒子，「央」，商王的女兒，公主。「子央亦隨」，意思就是說商王要去逐兔，王子和公主們也跟隨去了。

（三）下旬內容解讀

> 下旬：癸未報，消貞旬末呈，王授曰：都，氣滋無求，六日，
> 戊王子釋囚。

都：在「氣滋無求」前面再加了一個「都」字，這是在中旬的基礎上又上了一個檔次，是更高一級的形式，表示一切都好。

戊王子：王子有大有小，這裡「王子」二字是商代大王子的專用名詞，小王子們可以去抓兔子，而大王子們就要替商王做事，「戊」字是武器，「戊王子」在這裡是指這個掌控兵權的王子。

釋囚：釋囚就是釋放囚犯，這裡的囚犯指的是俘虜，「囚」字很形象，至今沒有變，「釋」字的字形是釋放箭弦的象形，弓箭的「弦」的部分還特意用虛線表達，其含義就是釋放囚犯。

（四）後記內容解讀

> 一月，己卯，妃子廣入，宜羌十。

在最後一個欄目中，報導了「戊王子」要釋放囚犯，結果怎麼樣了，閱讀者要有疑問，所以在月刊的末端加了一個後續：「一月，己卯，妃子廣入，宜羌十」。意思就是說，在一月己卯這一天，妃子們要了不少羌人，每人適宜十個。

妃：「妃」字的頭上是大大的眼睛，從形象上來看，雖然很嫵媚，但是與皇后「若」展示出來的髮形相比還是差一點，所以是妃子。

羌：羌人，羌族，是商朝的宿敵，經常淪為商朝的囚犯，商王有時會頒佈命令讓「戊王子」們釋放他們送給妃子們做下人。

（五）單位刊號內容解讀

庭，阜，十月。

庭：「王賓仲丁卜骨」是一份官方期刊，內容是以商王口授的形式，傳達一個月來國家大事，作為一份官方傳媒，需要監管部門，這個部門就是「庭」，「庭」就是法庭的「庭」，從「庭」字甲骨文字形上來看就是屋子裡面有一個口字另加一把刀的形式，看其會意，指的是負責申述和執行的部門。在與「庭」字結構相同的字形中，我們還發現二個口字一把刀的，此字會意成申訴、辯護和執行，另外還有立即執行和已經執行的象形文字，可見商代的公檢法制度已經形成。

阜：「阜」字的象形是三個連續向上的支架，原來的意思是指建造「測影臺」底座時夯土用的三級範本，由於底座高度達到一點九公尺，不能一次性完成，必須等到第一層泥土乾了以後，再把範本往上移動，等第二層乾了，再更新一層，一層又一層，這樣連續的結構看上去就是「阜」字的甲骨文。

上旬欄裡最後二字是「址在」，址字的形態就是一個「阜」字旁站著一個「人」字，人的腳下畫了一個代表腳趾的「止」字，「址」的甲骨文是建造「測影臺」時選址的意思，用在那裡，表示商王住在中邑的位址。「子央亦隨」，隨字的甲骨文也是一個「阜」字，左邊加上一個反方向的「人」字，意思就是一步一步跟隨在後面的意思。

「阜」字用在這裡，意思是一期一期的意思，是「期刊」的本意，作為官方傳媒的期刊，每月一期，而這一期就是「十月」。

（六）思考與經驗

通過以上逐句逐字的分析，我們更加艱信這片甲骨就是「商代月

報」的期刊，雖然還有幾個字需要得到最後的考證，但是，有一點是非常肯定的，我們在這片甲骨文中找不到任何「占卜」的痕跡，不僅如此，我們在其他的甲骨文中也沒有找到。

我們開始研究甲骨文的時候總是概念先行，看到「卜」字就想到迷信，看到「王」字就認為是昏君，這樣的觀念根深蒂固，浪費了大量的時間，根本原因還是以《說文解字》為範本，直到準備放棄後回頭一想，作為作者的許慎並沒有見過甲骨文，他是以統一後的小篆為主要對象，怎麼能以他的解讀作為標準。

後來的經驗告訴我們，只要把甲骨文中「卜」字讀成「報」字，去掉疑問句，甲骨文幾乎沒有什麼秘密，按照這樣的思路，我們不僅發現了象「王賓仲丁卜骨」這樣的期刊，商代的甲骨文是商代的新聞記事國家檔案，與占卜沒有任何關係。

結語

抓住事物的根本，闡揚徹底的理論，這是我們的追求。

我們最終的目標是要從甲骨文最根本的字形出發，忘掉所謂的約定俗成的概念，徹底分析每片甲骨文的使用功能，結合科學的理論和方法，尋找漢字的最初的源頭。

漢字起源於天文學，與陰陽太極同宗同源，雖然我們的結論還需要進一步論證，我們的研究還剛剛開始，希望更多人有志之士加入進來，為漢字正本清源做出更大的貢獻。

六
金星運行記錄
——虢季子白盤銘文解讀

「虢季子白盤」銘文共八行一一一字，自發現以來眾多專家對其解讀，官網公佈的銘文是記述了周宣王十二年虢季子白在洛河北岸大勝獫狁，殺死五百名敵人，活捉五十名俘虜。而通過我們的研究發現，銘文內容與官方公佈的大相徑庭，其內容是虢季子白髮現了金星的運行週期為五百日，運行夾角五十度，作為當時「國家科技進步獎」，周周宣王舉行隆重的慶典表彰他的功績，虢季子白因而作盤以為紀念。

「虢季子白盤」是中華人民共和國首批禁止出境展覽文物，晚清時期出土於寶雞，現收藏於中國國家博物館，乃鎮館之寶。銘文的主要內容官方解讀為在周宣王時期，虢國的子白奉命出戰，榮立戰功，周王為其設宴慶功，並賜弓馬之物，銘文中還準確記錄了當時的戰果：「斬首五百，俘虜五十」。

一場只有「鄉民暴動」水準的小規模戰爭，為什麼能夠驚動號稱為天子的周氏王朝，並且打造體量如此巨大的「國之重器」呢？

我們的疑問最初是從二組數字開始的，「五百」和「五十」成了關鍵字，我們在眾多資料中特別是對上古天學研究中發現，「五百」和「五十」這二個數字與金星運動有著密切的關聯。金星是內行星，又名啟明星，俗指太白星宿，又稱啟明、明星、長庚。「西方金，其帝少浩，其丞蓐收，其神上為太白」，馬王堆出土的帛書《五星占》

中就是這樣描述金星的，這種描述讓「太白」與「子白」有了某種聯繫。有聯繫的還有《五星占》中記錄了「太白」會合週期是五八五點四天，這個數位與今天的數位只差〇點四八天，而在它之後的《淮南子》和《史記》中會合期分別是六三五天和六二六天，另外根據記錄日期可求得金星與太陽的角距離，一般在四十八度左右。

除了數字和名稱與金星有著密切的關聯以外，銘文中的虢季確有其人，在三門峽「虢季博物館」裡現在還陳列著有關他的銅器，虢季去世後諡號為文公，虢季也就是歷史上的「虢文公」，「文公」看起來就不是「武將」。而另一方面，司馬遷在《史記》中對周宣王的評價是：「修政，法文、武、成、康之遺風，諸侯複宗周」。「修政」，自然會想到《尚書》〈舜典〉中「在璿璣玉衡，以齊七政」，「七政」可以被理解為日、月和五星七個天體。

綜合方方面面的資料和研究成果，我們認為「虢季子白盤」是周宣王執政期間「修政」了「七政」之一的金星運行數字，「五百」和「五十」代表了金星運行「會合週期」與「對角」當時的最高水準。「政績」來自虢季，所以周宣王才如此動用重金，以「國家科技進步獎」的名義表彰獎勵虢季的研究成果，並刻盤昭告天下。

對於銘文的解讀，我們的方案是：

> 隹十又二年，正月初吉丁亥，虢季子白作寶盤，丕顯子白，將武於戎工，經維四方，搏伐敢允，於洛止陽，析首五百，執訊五十，是以先行。桓桓子白，獻我於王，王孔加子白。義王各周，廟宣榭爰，卿王曰白父，孔顯又光，王賜乘馬，是用佐王，賜用弓彤矢其央，易用戊用政蠻方，子子孫孫，萬年無疆（圖26）。

圖26　虢季子白盤銘文拓片

（一）將武於戎工

「武」和「戎」現在的用法是六法之一的假借，從字源發生的角度來看這二個字都與「武士、兵器」無關。在甲骨文和金文圖案中，「戈」是插地標尺的象形（圖27），標誌上端是可以往下撥動的「撥」，「戎」字是一手拿著牽星板，一手拿著尺規的象形（圖28）。「武」和「戎」二字的原形就是測量工具。

圖27 「戈」字

圖28 「戎」字

「牽星板」大多數人已經不知道它的存在，在鄭和下西洋的過程中，他們主要的天文工具就是「牽星板」（圖29）。牽星板是測量星體距水準線高度的儀器，其原理相當於當今的六分儀。牽星板共有大小十二塊正方形木板，以一條繩貫穿在木板的中心，觀察者一手持板，手臂向前伸直，另一手持住繩端置於眼前。此時，眼看方板上下邊緣，將下邊緣與水準線取平，上邊緣與被測的星體重合，然後根據所用之板屬於幾指，便得出星辰高度的指數。

圖29 牽星板

「磨而不磷，涅而不淄」，「畾」的原型是地球由白變黑的象形，而觀察金星的時間要麼是早晨要麼是傍晚。「畾」字下半部分加上「疾」字的邊旁（有的銘文也加在上面），表示快要將要發生，這字王國維學生解讀為「將」，用在這裡表示地球「將要」變黑或者變白。

「畾武於戎工」完整的意思是：用牽星板標注金星早晚將要下降時的角度。

（二）搏伐獫允　於洛止陽

「洛」的本意就「落」，「於洛至陽」也就是太陽從落下去到升起的過程。

這篇銘文裡最難說清楚的就是這個「敢」字，「敢」字的字形似乎就是為金星而設計。現在我們知道，金星是內行星，它處於地球和太陽之間，雖然它也是順時針象地球一樣圍繞太陽運動，但是我們不是站在太陽上看金星，我們是站在地球上看金星，我們看到的結果是：要麼在早上出現東方，要麼晚上出現在西方，金星從來不會出現在南方。馬王堆帛書中寫到：「是星不敢經天」，說的就是金星從來「不敢」經過天空。

我們來看「敢」字的造型，太陽在中間，左邊一個代表方向的山字形，右邊有一隻手在拉動（圖30），「敢」字的造型就是金星「不敢經天」的象形。

「允」字是從下面走的象形，「不敢」經天，金星只被「允許」從下面行走。

「搏」字是「十」字加「專」字的組合（圖31），「十」字就是「甲」字，是太陽的「十」字中心點，「專」是地球連續運轉的象形。「伐」與「武」字和「戎」字同屬於「戈」，是人在從事測量工作的象形。

圖30　「敢」字

圖31　「博」字

　　「搏伐敢允，於洛止陽」完整意思是：在早晨和傍晚，連續測量金星從升起到下移穿行的過程。

（三）析首五百　執訊五十

　　「首」字是眼睛觀望方向起點的象形，首位、首先、首次。「析」是離析、分離的象形。「執」（圖32）在甲骨文中是雙手使用「對角尺」（圖33）讓對角尺上下移動的象形，在這裡是「大羊」的組合，「大羊」就是「大表」，在甲骨文中，羊字從來就不是「羊」，「羊」是「表」的象形。「訊」字就是量角器讀數的象形，加上「玄」字，「玄」乃磁場的象形，「玄之又玄，眾妙之門」，宇宙的奧妙之門全在磁場。

　　銘文後面有一句「易用戊用政蠻方」中的「蠻」字與磁場有關，「蠻」字是「辛」字在中間，「玄」字掛二邊，「蠻」字表示人類對磁場的認知還沒有達到的方位。

　　「訊」字右邊的玄字下面加上方向的箭頭，表示連續記錄不斷傳來「訊號」。

圖32 「執」字

圖33 對角尺

對這四個字的字源深入研究發現，「析首」和「執訊」並非是「斬首」和「俘虜」，字形更本對不上，「析首」和「執訊」其本意是測量的專業術語，等同於現在的「會合」和「對角」。這二個專業術語我們在「多友鼎」和「兮甲盤」的銘文中也有發現，其本意與「會合」和「對角」相同。而且「多友鼎」和「兮甲盤」與「虢季子白盤」相互之間還有著繼承關係。

「析首五百，執訊五十」，完整的意思就是：金星與地球會合週期是五百，與太陽的對角是五十。

如果周宣王穿越到我們今天，看到「記憶體」、「流量」等專業術語，他不太可能知道這二個片語所代表的意思，雖然他認識每一個字，解讀起來只能牽強附會，同樣，我們解讀二八三八年前的銘文，如果不懂專業名稱，解讀起來也非常困難，相反，如果瞭解了這幾個關鍵字的專業術語，後面的文字幾乎不需特別解釋。銘文是給人看的，是周王給諸侯百姓看的，在「人人皆知天文」的三代如果艱澀難懂，就失去了昭告天下的意義。昭告天下的銘文從頭到尾讀起來朗朗上口，我們從銘文中明顯感覺到周宣王非意氣風發，因為在他執政期間有如此重大的天文成績，他不僅要重獎虢季，而且賜虢季為金星的「父親」。「卿王曰白父」，虢季自然成周宣王的「愛卿」。這種賜父傳

統一直延續至今，今天的我們也會把在某個領域做出重大貢獻的人稱之為「國父」、「水稻之父」、「導彈之父」。

對於周宣王來說，更重要的還不只這些，更重要的還是他依託這樣的科技成果從此有了自己的廟號，這也是「虢季子白盤」銘文的至高亮點，在以羲王為首的周氏王朝的宗廟裡，他把自己的廟號變更為「宣王」。「羲王各周，廟宣榭爰」。「宣」來自「桓桓子白」的金星，而在這之前他只有自己的名字姬靜，官位周王。

七
散氏盤文字解讀方案

　　散氏盤，又稱夨人盤，西周晚期青銅器，因銘文中有「散氏」字樣而得名。清乾隆年間出土於陝西鳳翔，今寶雞市鳳翔區，現藏於臺北故宮博物院。

圖34　散氏盤銘文

　　圓形、淺腹、雙附耳、高圈足。腹飾夔紋，間以獸首三，圈足飾獸面紋。內底鑄有銘文十九行、三五七字。官方對其文字的介紹，是記述夨人付給散氏田地之事，是研究西周土地制度的重要史料。

　　而據我們考證，散氏盤銘文內容並非如此，而是歲星盤，銘文所描述的內容是作為歲星的「散氏」在天體運行的軌跡記錄。

　　我們的文字方案是：

> 用矢業散邑，乃即散用，甲首自潘沈（實沈）以南，至於大沽（梁），一奉以降二奉，至於邊柳，複沈潘，降寧（降妻）娰（娰訾）軫枵（玄枵）以西，奉於星紀（數城）玄枵（楮木），奉於鶉尾（雛差），奉於鶉火（雛道）內，降鶉翼（雛尾）于廣原，奉都桿枵陵剛桿，奉於單道，奉於原道，奉于周道以東，奉於棹東疆右環，奉於首道以南，奉於穀差道以西，至於訾暮首井邑，甲自榎木道左至於井邑，奉道以東一，奉還以西，一奉降剛三，奉降以南，奉於同環，降州剛翼幹，降械二。奉矢入有司首，首甲義祖，微武父西宮，襄短入唬丂錄，貞師氏右直，小門入言謗原，厥唬夏（乃）淮司，工虎孝侖豐，父訾厥有司，刑丂（巧）凡十又五夫（刑克，刑妨，刑寒），正首矢舍，散甲司土（垂）逆，寅司馬黃眉，邦入司工虎，君宰德父，散入小子首甲，戎微父教，采父克止，有司彙州，就僋從嵩，凡散有司十夫，唯王九月，辰在乙卯，矢卑義祖，逢旅誓曰，我贊付散氏甲器，有爽實余，有散氏心賊，則爰千罰千，傳棄之，義祖逢旅則新，乃卑西宮，襄武父誓曰，我既僅付散氏濕甲，昤甲余又爽變，爰千剛千，西宮襄戎父，則誓厥受圖矢，王於短新宮東廷。厥左執要，史正中農。

　　關於歲星紀年，劉坦先生在他的專著《中國古代之星歲紀年》中進行過大量研究，並根據相關古籍記錄繪製了相關的歲星圖。

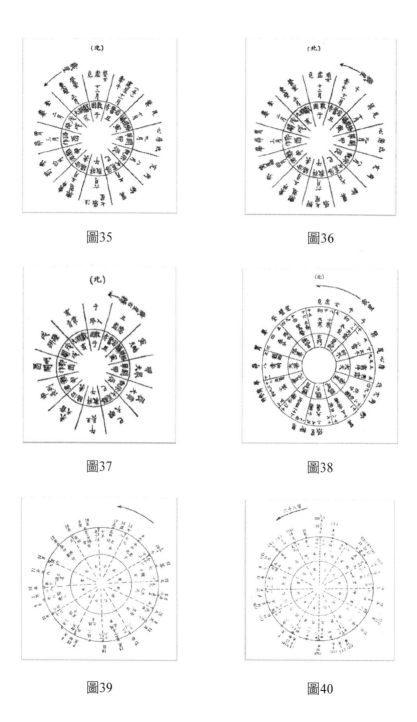

圖35

圖36

圖37

圖38

圖39

圖40

　　圖35是根據《淮南》〈天文訓〉之記載所繪製的；圖36是根據《史記》〈天官書〉之記載所繪製的，圖37是根據《漢書》〈天文志〉之記載所繪製的，圖38是劉坦先生綜合各種史料自己繪製的。

　　另外，張汝舟先生對歲星也進行過大量研究，在他研究的論文《中國古代天文曆法表解》中也繪製了二個圖（圖39、圖40）。

　　圖39是他根據傳統星表繪製的，圖40是他自己根據研究所得繪製的。

　　我們之所以把六張圖放置在一起，是因為這六張圖都有一個共同的特徵，那就是：

　　第一、所有的圖的上端都有一個向左的箭頭，這與《散氏盤》銘文中的重要的一個字「矢」字相似，都向著左邊也就是向著北方「側」著腦袋運行；

　　第二、他們都有一個「十」字中心，加上外圓，形成一個「田」字，從銘文內容來看，「田」字與「田地、土地」無關，如果是「田」字，那麼周邊應該是方形，而銘文中是圓形，這是「甲」字，從中心起始的「甲」字；

　　第三、從「甲」十字中心向外圓連線，就形成了一條條的「傘骨」，加上內圓，就形成了在《散氏盤》銘文中出現的另一個重要的

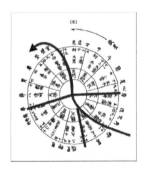

圖41 「矢」字象形

圖42 「甲」字象形

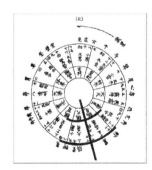

圖43 「奉」字象形

字，就是「奉」，「奉」字就是雙手捧著「傘骨」的象形。沈括在他的
《夢溪筆談》中稱之為「傘橑」：「度入散橑，當度謂正當傘橑上者」。

　　歲星是外形星，歲星的視運動是不均衡的，有時順行，有時逆
行，有時在黃道內，有時在黃道外，「奉」字在整篇銘文中，一共出
現十七次之多，而整篇銘文上半部分的內容就是從一「奉」到二
「奉」，從一根「傘骨」降到另外一根「傘骨」「側」著腦袋來來回回
移動的描述。

　　關於歲星，竺可楨先生進行過研究，專門研究的論文有二篇，一
篇是〈二十八宿起源之時代與地點〉，另一篇是〈二十八宿的起源〉，
何妙福老先生根據上述二篇論文同時結合李約瑟先生繪製的歲星圖形
成了自己的研究論文，在他的論文〈歲差在中國的發現及其分析〉中
繪製了更為精細的二十八宿分佈圖，這張圖是在上圖的基礎上繪製了
黃道和赤道，這與蘇州石刻天文圖非常相似，蘇州石刻天文圖是我國
和世界上現存最早的星數最多的石刻天文圖。

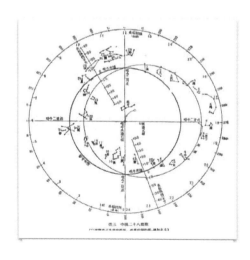

圖44 何妙福繪製的二十八宿分佈圖　　　　圖45 蘇州石刻天文圖

　　蘇州石刻天文圖以北天極為圓心，刻畫出三個同心圓。天文圖中外圓是南天星可見的界限，包括赤道以南約五十五度以內的恆星；中圓是天赤道，直徑為五十二點五公分；永不下落的常見星用直徑為十九點九公分的小圓界開；黃道與赤道斜交，交角約二十四度，並按二十八宿距星之間的距離從天極引出寬窄不同的經線，每條經線的端點處注有二十八宿的宿度。再外邊還有兩個比較接近的圓圈，圈內交叉刻寫著十二次、十二辰及州國分野各十二個名稱。

　　蘇州石刻天文圖已有八百多年的歷史，而《散氏盤》的歷史已有二八〇〇多年，雖然二者之間年代跨度長達二千年，有些文字很難解讀，但可喜的是大部分文字都能與現在的十二星次名稱相對應，《散氏盤》銘文中「散氏」運行的起點正是十二星次之一的「實沈」。

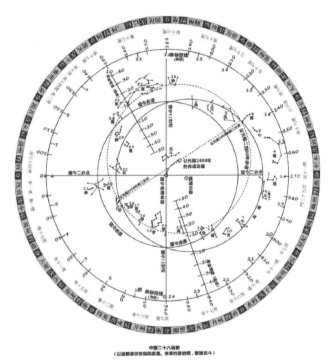

中国二十八宿图
（以圆圈表示各宿的距星，依李约瑟的图，增加北斗）

圖46 自行繪制的二十八宿分布圖

我們參照李約瑟繪製的二十八宿分佈圖，並根據何妙福先生歲差七十一點六年一度的標準，我們設定「散氏盤」為西元前八五〇年，計算出赤經與今天的赤經相差約四十度左右，根據以上的結果，我們繪製了當時也就是「散氏盤」所處的年代的「天文圖」，紅色部分就是當時的赤道所在天體中的位置。

接下來，我們將根據這張圖來具體分析「散氏盤」中的銘文。

　　甲首自瀟沈（實沈）以南，至於大沽（梁）

實沈與銘文中的瀟沈字形相似，大沽與銘文中的大樑相似，並且大樑的位置就在實沈以南，從這裡開始，我們基本可以斷定，《散氏盤》與十二星次有關。

　　一奉以降二奉，至於邊柳，複沈瀟

有十二個星次就有十二根「傘骨」十二個「奉」，從大樑往回走，降「一奉以降二奉」，也就是三奉，「至於邊柳」，我們看圖，正好達到「柳」宿的邊緣。「複沈瀟」又回到了「沈瀟」，有了這三個字，我們可以再次斷定，《散氏盤》描述的就是歲星。「實沈」往回走，二個字的順序就得顛到過來，由「實沈」變成了「沈實」。

　　降寧（降婁）婋（婋訾）轪栯（玄枵）以西，奉於星紀（數
　　城）玄枵（楮木）

這段銘文與現在的星次名稱不能每一個字都能對得上，但是可以看出，歲星是從降婁、婋訾繼續往西直到星紀（數城）、玄枵、楮木。

「星紀」二個字與銘文差距很大，現在為什麼叫「星紀」，鄭文光先生在他的《中國天文學源流》中提到，《漢書》〈律曆志〉說：「指牽牛之初，以紀日月，故曰星紀。」為什麼要與「牽牛之初」來記日月？因為西元前四四八年，冬至點在牛宿初度，便以牛宿所在的星紀作為十二次之首。這是戰國前期的事，既然是戰國前期，而在戰國前期之前肯定不叫「星紀」，我們現在看的銘文是在西元前八五○左右，當時的名稱應該是「數城」。

圖47 《散氏盤》銘文中
　　　的「雛」

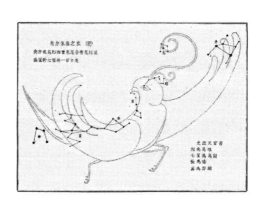

圖48 陳遵媯先生繪製的「朱雀」

　　奉於鶉尾（芻差），奉於鶉火（芻道）內，降鶉翼（芻尾）于廣原，雛差。

芻差、芻道、芻尾與現在的鶉首、鶉火、鶉尾，雖然字形相差有點大，但是這種總「首」到「尾」的排列方式非常接近，有三個相同的字出現在開頭，這種連續性排列讓我們可以肯定「散氏盤」的銘文與十二星次有關。

　　「散氏盤」的銘文中「雛」字的外形很象一隻展翅的鳥，而鶉

首、鶉火、鶉尾所處的星位正是四象之一的「朱雀」方位。請看圖，二者外形如此的相似，可以看出「**鶵**」字是原型，後來才被神話為「鳥」，「神鳥」為「朱雀」。

這張「朱雀」圖，是著名的天文學家陳遵嬀老前輩繪製的。「朱雀」的形象千變萬化，但是基本的外形沒有離開過「**鶵**」字，現在通用的「鶉」字字形還是與「鳥」有關，但是這個「鶉」字在現在字典中已經查不到字源了。

接下來的銘文就是作為歲星的「散氏」繼續往前，從一「奉」到一「奉」，從「黃」道降「原」道，從「原」道又到「周」到，從「左」環到「右」環，來來去去，基本上都是在沿著「黃」道前行。

我們在《古今圖書集成圖纂》「內府全圖」找到「歲星」也就是木星的視行圖，從木星移動的路線圖來看，基本上與「散氏盤」描述的內容吻合。

萬物本無名，名字都是人類起的，「木星」是陰陽五行學開始的時候才有的學名，「木星」能成為「歲星」，那是因為古人用木星運行一周用以記歲的需要，而在沒有加入官方認可的學名之前，歲星」只能作為「散星」。

散，散客、散戶、散仙，都是沒有進入官方體制的稱謂，而散字的字形也證明了這一點，散字的左邊下方是運動中的太陽，

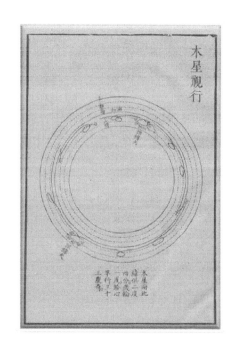

圖49　《古今圖書集成》中的木星視行圖

太陽的上方是二個側身的箭頭，散的右邊是一隻手拿著一根「立竿見影」的測量儀器，從字形上來看，當時的「木星」在太陽系還是個「散戶」，其鬆散狀態還沒有進入官方體制，正由於這樣，作為「散星」的代表人物「散氏」把他多年觀察到的記錄整理歸類，並把這些軌跡刻銅盤上獻給當時的周王，而他應用的法則正是銘文中所描述的那樣：「矢卑羲祖，逢旅誓曰，我贊付散氏甲器」，「散氏」希望得到官方的認可：「有散氏心賊，則爰千罰千」。

中國人的姓名可以用北宋劉恕在《通鑒外紀》中的說法作為大綱：「姓者統其祖考之所自出，氏者別其子孫之所自分」。

「祖」是祖制，用北京大學李零教授的說法：「天文祖，人文先」。祖是祖，先是先，祖字在甲骨文中就是一個圭表與日晷組合的象形，圭面上刻了二到線，上一條是冬至，下一條是夏至，從冬至到夏至再回到冬至就是一個回歸年，雙至二條線的測量方法就是人文始祖「羲祖」伏羲留給我們的「非物質文化遺產」，它支撐著整個中華文明的脊樑。「首甲羲祖，微武父西宮」，我們最早的姓氏「姜」「姬」都與天文有關，「夏、商、周」三字與天文學緊密相連。

由於時代的久遠，也由於專業的限制，雖然我們用盡了全力，對於「散氏盤」的銘文我們沒有辦法一字一字解讀，正如王國維先生所說：「我能感覺到什麼意思，但是說不清楚」，大師都是如此，何況我輩。任何時代都有時代的缺陷，王國維所處的時代，文人們不懂天文學，他們沒有辦法把古老的文字與天文學聯繫起來，而在我們的研究中發現，漢字偏偏起源於天文學，越往前越接近天文，甲骨文就是我們的華夏祖先觀測日月星辰「觀象授時」的記錄，只要從天文學入手，很多文字的答案就會浮出水面，我們用同樣的方法通篇解讀了「虢季子白盤」的銘文，我們用同樣的方法解讀了「四方風」的甲骨文。當然還有很多文字我們正在解讀，我們在路上，我們將繼續前

行，希望得到更多的支持並加入到我們的行列，去掌握銘文的規律，
去揭開甲骨文的秘密，去尋找漢字的起源，去探索中華文明五千年源
源不斷博大精深光輝燦爛的源頭。

八
大禹不治水
——從「鬢公盨」銘文看中國歷史的誤讀

　　本文從字形出發，結合相關文獻，發現「鬢公盨」主要集中在「禹」字上，通過字形結構分析比對，我們發現「禹」字的字形並非是「一條蟲」，更不是因為「治水勞累過度，走路歪歪扭扭」，而是地理「座標」的象形，是「座標」繪製原理和方法的象形，是「由兩條相互垂直、相交於原點的數線構成」的象形。與「禹」字相關的「土」字，也並非所指土地，而是「垂直線」的象形。「大禹治水」，是中國歷史的誤讀，「大禹」並非傳說中的「治水英雄」，「大禹」是用「座標」和「垂直線」原理和方法繪製「禹貢圖」，把中原大地劃定九州，從而開啟華夏文明「家天下」的偉大歷程。

　　「鬢公盨」，現藏北京保利藝術博物館。[1]二○○二年春由北京保利藝術博物館專家在海外文物市場上偶然發現並購得。[2]自發現以來

1　關於此盨的名稱，出現不同的方案，除了「鬢公盨」、「豳公盨」、「遂公盨」之外，還有李零先生釋讀成一個電腦裡打不出字典裡沒有的一個字，見李零：《茫茫禹跡——中國的兩次大一統》（北京：生活・讀書・新知三聯書店，2016年），頁137-159。馮時和裘錫圭先生的解讀也與之相同，見馮時：〈公盨銘文考釋〉，《考古》2003年第5期，頁447-456；裘錫圭：〈公盨銘文考釋〉，《中國歷史文物》2002年第6期，頁13-27。

2　高十一點八公分，口徑二十四點八公分，重二點五公斤，此盨呈圓角長方形，失蓋、直口、圈足、腹微鼓，器口沿下飾鳥紋，腹飾瓦紋，小耳上有獸首，原應有垂環，圈足中間有桃形缺口。盨在內底有十行九十八字銘文。

有幾位資深專家教授對其銘文進行解讀，結論大同小異，而我們的研究方法從字的象形入手，以文獻為輔，得出的文字方案大相徑庭，「大禹治水」是歷史的誤讀，大禹並不治水，大禹是用「座標」的原理和方法繪製「禹貢圖」，把中原大地劃定為九州，從而開啟華夏文明中的第一代王朝。

我們的文字方案是：

圖50 「贊公盨」銘文

天命禹敷土，隨山浚川，乃差方執征，降民監德，乃自作配鄉，民成父母，生我王，作臣厥顯唯德，民好明德，憂在天下，用厥邵好，益美懿德，康亡不懋，孝友訏明，經齊好祀，無醜心好德，婚媾亦唯協，天數用考，申複用發，祿永禦於寧。贊公曰：民唯克用，茲德亡誨。

銘文考釋：

　　天命禹敷土，隨山浚川。

　　天：得到一天的時間需要「立竿見影」。「天」字像一個「站立的人」，「天」字的頭部是運行中的太陽，影子早晚最長，形成一雙像人張開的「翅膀」，當太陽的影子從下往上移動到「翅膀」交叉點，也就是當地的午時，此時影子最短，記下這一刻，等到第二天日影再次到達這個位置的時候，這就是一「天」的時間量。「天」是時間恒量，是科學時間的載體。一天的時間量就是一日，日的上面有月、年，日的下面有時、分。「天」字不論在甲骨文還是在金文中，都是獲得一「天」時間原理和方法的象形。

　　命：「命」字「令」字同義，「令」上端是「今」字，下端是一個彎腰的人形，「命」字在「令」字的基礎上多了一個「口」字，此「口」非人之「舌」，和「天」字的上部一樣，是太陽視運動的象形，在甲骨文和金文中，所有的「口」字都是太陽視運動的象形，如「穀」字、「古」字、「同」字等等。「今」字的字形與「天」字精密相連，在一年當中，太陽每「天」早晚投影形成的夾角並非相同，要得到一個回歸年的時間，每「天」都需要觀察記錄，「今」字就是「今」天太陽的夾角的象形，「令」「命」字正是觀察「今天」的象形，所謂「天命」，正是作為掌管科學時間「天子」的使命。

　　禹：「禹」字就是座標，就是座標原理和方法的象形。現代數學對座標的定義是：「二維的直角座標系是由兩條相互垂直、相交於原點的數線構成的」。我們來看「禹」字的字形，就是二條垂直相交，一條向上帶箭頭的線為經線，一條向左帶箭頭的線為緯線，經線緯線以十字垂直相交，用現代數學定義對「禹」字的字形解讀幾乎不需要

加減任何一個字（圖51）。

　　對於自轉的地球來說，無論你處在地球的任何位置，一天的時間量是絕對相等的，而對於空間來說你所處的位置又是絕對不相等的，如何表達不同的地理位置，座標就是最好的辦法，座標就是「二條垂直、相交於原點的構成」，經緯度的不同決定了你的地理位置與眾不同，並且你會擁有唯一的座標，絕對不會出現二個相等的經緯度，現代的地圖也是根據這個原理繪製的。導航系統 GPS 包括北斗衛星導航原理就是根據不同位置不同地理座標來進行定位的，大「禹」當年就是用座標的方式把中原大地分成了九塊不同的座標體系，從此中原大地就有了最早的「禹貢地域圖」（圖52）[3]。

圖51

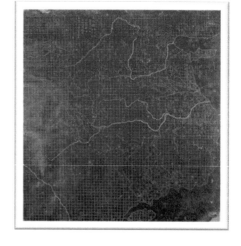

圖52 禹貢圖

3　約在泰始皇四年至七年（西元268-271年），裴秀主編完成《禹貢地域圖》十八篇，它是中國有文獻可考的最早的歷史地圖集，並在序言中提出了繪製地圖的六項原則，即著名的「製圖六體」，為中國傳統地圖（平面測量繪製的地圖）奠定了理論基礎，裴秀因此被稱為中國傳統地圖學的奠基人。見百科知識中文網，網址：https://www.jendow.com.tw/wiki/%E7%A6%B9%E8%B2%A2%E5%9C%B0%E5%9F%9F%E5%9C%96

中國經典，天文祖《堯典》，地理宗《禹貢》，《易傳》道陰
陽，《洪範》序五行，對中國思想影響至深。它們除《易傳》
附於《易經》，皆在《尚書》中，《禹貢》居其一。中國古代天
下觀，最初的表述就是《禹貢》九州。[4]

中國古代地域的劃定需要座標方位，利用「禹」之座標劃定的古輿
圖──「禹城禹跡」是諸侯分封土地的州域印跡，禹跡代表著王朝掌
控的地理範圍。從古至今，地圖意識是神聖不可侵犯的，古代中國若
對地圖疆域不明確，亦是對主權的把握不明確；地圖使用的混亂，亦
會導致朝治理政的混亂；若無「禹」對地圖製作的意識，那麼在中國
歷史上的疆域主權與國土認同將無從考證。

　　如果懷疑四千年前的大禹不可能具有這麼高的科技水準，那麼大
禹治水更不可能，即使在今天，想要給長江導水分流都很難做到。丁
文江在給顧頡剛先生的信中開頭就這樣寫到：

禹治水說絕不可信。江河都是天然水道，沒有絲毫人工疏導的
痕跡──江尤其如此。[5]

而大禹使用座標的科技含量今天在中學課本裡就有，受過高中教育的
都可以做得到。方法很原理並不需要很高的專業水準，只要在「正
午」測量太陽的高度，這個高度就是當地的緯度，記下當時的「北京
時間」，就可以算出當地的經度。[6]大禹時代還沒有鐵器，挖山填石才

4　李零：《茫茫禹跡──中國的兩次大一統》（北京：生活・讀書・新知三聯書店，
　　2016年），頁161。

5　段渝主編：《大禹研究文選》（成都：四川人民出版社，2022年），頁171。

6　正午時太陽高度為當天最大，則影子最短，測量中午前後幾個小時內的影長變化，
　　當影子最短時即為當地地方時正午十二點，並記錄此時手錶顯示的北京時間，北京

不可信，找遍了所有的古代農具，也沒有找到像大禹手中一模一樣的，而大禹手中的「農具」用在地理座標的測量中是不可缺少的，它的專業名稱為──准望，[7]准望是用於瞄準遠處的尺規，是用以確定地貌、地物彼此間的相互方位關係的重要的工具之一（圖53）。

圖53 夏禹

「禹賜玄圭，告厥成功」，這是《禹貢》中的最後一句。「玄」乃磁性方位，「圭」乃座標尺度，以方位座標畫定九州，在塗山大會

時間就是東八區區時，也就是東經120°的地方時，根據當地與東經120°地方時的時間差，（經度相差15°時間相差一小時；經度每相差1°時間相差四分鐘）計算出當地與東經120°的經度差，並進一步根據地球上東邊總比西邊的時間早，即時間過得快些，確定當地的經度。

7　曾任宰相的裴秀編制了我國最早的地圖集──《禹貢地域圖》，其中採用了「製圖六體」之法。這本書中提出了地圖製圖的六條原則：一為「分率」，用以反映面積、長寬的比例，也就是今天的比例尺；二為「准望」，就是方向的意思，用以確定地貌、地物彼此間的相互方位關係；三為「道裡」，用以確定兩地之間道路的距離；四為「高下」，即相對高程；五為「方邪」，即地面坡度的起伏；六為「迂直」，即實地高低起伏與圖上距離的換算。

上，禹賜諸侯以「玄圭」，而非治水。

夏、商、週三代都以夏人自居，認為自己住在「禹跡」[8]的範圍之內。這是中國最早的地域認同，也就是天下一家「家天下」的政治理念的最早來源。

敷：一隻手把握地球旋轉的象形。

土：垂直線，現代幾何學的定義是：在一條直線或平面上，另一條直線和已知直線或平面夾角為九十度。用這個定義對「⊥」字的字形解讀同「禹」字一樣幾乎不用刪減任何一個字。「⊥」就是一橫一豎，但豎線不出頭，與橫線成九十度。「土」的原型就是垂直線，「敷土」連起來的意思就是在旋轉的地球上畫上不同方向的垂直線。

隨：左邊是個「阜」字，一層一層往上升的象形，中間是二個「⊥」字，右邊是二隻連續向上的「手」形，「山」的高度就是「隨」著山的坡度一層一層累加形成的山勢圖。

浚：左邊的結構有四個「字」組成，從上到下，一個是立竿見影的「卜」字，一個是「今」字，一個是「日」字，一個是「川」字，「川」和下面的「川」相同，三條曲線並立代表著川水的走向。把這四個字連在一起會意成——用立竿見影測量太陽的夾角以此來劃定「川」的位置。「浚」字右邊是手的象形，正是體現了「川」的繪製過程。

《禹貢圖》的主要元素就是「山」和「川」，「隨」字是「山」的繪製方法和原理的象形，「浚」是「川」的繪製方法和原理的象形，「隨山浚川」正是地圖「山川」繪製方法和原理的本義（圖54）。

8　《左傳》襄公四年，魏絳引辛甲《官箴》，其《虞人之箴》曰：「芒芒（茫茫）禹跡，畫為九州。」

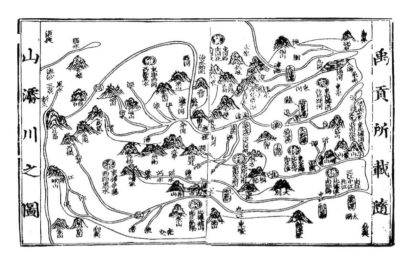

圖54 禹貢所載隨山浚川之圖

乃差方執征，降民監德。

差：測量經度的方法用是「時差區別法」，這個字是「差」字，「差別」的「差」字，經線的計算就是利用太陽投影在不同的地理位置形成的不同角度差別，「差」字就是經線繪製的原理和方法的象形。

執：「執」字的在甲骨文裡是雙手手持量角器的象形。「執」在這裡，左下方多了一個垂直線的「⊥」字，「⊥」字上方是「三維座標」示意圖，右邊是雙手「執著」的象形，這種圖形明顯可以感覺到時代的進步，從甲骨文到金文，數學已經從二維平面[9]發展到三維幾何[10]。

---

9 在一個平面上的內容就是二維。二維即左右、前後兩個方向，不存在上下。見百度百科，網址：https://baike.baidu.com/item/%E4%BA%8C%E7%BB%B4/380405?fr=ge_ala

10 三維是指在平面二維繫中又加入了一個方向向量構成的空間系。三維是由一維和二維組成的，二維即只存在兩個方向的交錯，將一個二維和一個一維疊合在一起就得到了三維。見百度百科，網址：https://baike.baidu.com/item/%E4%B8%89%E7%BB%B4/9517577

　　征：左邊是「行」字的一半，右邊是一個「正」字，「正」字就是上面一個太陽，下面一個腳趾，表示把太陽的投影擺正位置，這樣才能得到「正午」的時間，這就是所謂的「正時」過程，由於時差，不同的地理位置「正午」的時間是不同的，「行」字與「正」字的組合就是「征」字的原義，「服」是服從時間的象形，「征服」最早的字源含義就是服從正確統一的時間。

　　降：左邊是「阜」字，一級一級往上升的象形，右邊是二個向下移動腳趾的象形，二者結合為下降的「降」字。

　　民：是指南針「針」左右擺動的象形，「針」左右擺動最後還是以針心為中心停下來，指向南北二極，會意成「民」，民心所向也。

　　監：上端的左邊是個眼睛的象形，「目」字的字源，右邊的是一個人字，下半部分是「皿」字，三者組合成「監」字，監督、監視的的意思，指南針需要不斷的監督和監察，以防出現偏差。

　　德：德字的左邊也是「行」字的一半，右邊的結構是是一根指南針的「針」字的象形，中間是「眼睛」之目，下面是個指南針的針心，指南針只有正確放入針心，使其靈活運轉才能正確指導方向。「道」乃天體運行總規律的象形，「德」乃磁性指南針的原理和方法的象形，從「德」字指南原理中悟出了「道」的本質。「道德」二字被「綁架」在一起，成了中國人幾千年來的行為準則。

　　乃自作配鄉民

　　配：「配」字的左邊是「酉」字，「酉」字是漏壺的象形，漏壺是古人用來記時的工具。古人的方法是：在陶制的漏壺裡放入一根帶有刻度的「箭」，隨著漏壺水位不斷下降，「箭」上的刻度也隨之下降，「時刻」二字就是從這裡來的。「酉」字加三點不是「酒」字，是

「漏」字，漏壺就是這樣來的。漏壺的製作需要統一的標準，不然所得到的時刻不一樣。「酉」字加一個低頭的「人」字，會意成分配，配置漏壺的意思。

鄉：中間是日晷的象形，在日晷二邊各有一位同時看日晷的人，同在一個時區的象形。

民成父母，生我王。

父：「父」字的原型很早，是手持石磨棒的象形，石磨棒是用在石磨盤上快速研磨磁粉用於製作指南針的工具。

母：不論在甲骨文還是金文中「母」字指的都不是「女人」，也不是「母親」，「母」字是「始」的會意。著名的青銅器「司母鼎」的「母」字指的並不是哪位母親，更不會是哪位「後母」，這裡的「母」字指的就是「司」的始點。「司」字就是測量太陽視運動的象形，測量空間需要一個起始點。「司母鼎」與大多數鼎的區別不僅僅在於體量巨大，而是「司母鼎」有四隻腳，只有四隻腳才能立於「禹」十字座標的中間，而其他三隻腳的鼎只能立於「十」字上下左右延伸的「土」字垂直線上。早期的「鼎」是陶制的，有三隻腳，腳趾很尖，如果是日常使用，很容易斷裂，但是腳趾越尖越越能與「垂直線」吻合，這種陶器都是先人測繪的定位器皿。

漢字的造字方法有四種，象形才是漢字的方法，會意只是用法，「父母」後來會意成人類父母——父是傳授，母是始源。

作臣厥顯唯德

厥：火星和地球雖然都是圍繞著太陽旋轉，但是由於我們不是站

在太陽上看火星，加上火星與地球的旋轉的速度不一樣，這樣我們在地球上看到的火星的視運動是「S」星，古人把火星視運動稱之為「順、留、逆、順」四個階段（圖55），「厥」字字形就是從地球看火星視運動留、逆時的象形，在早期的星象學中，古人認為，火星在留逆的過程中會對地球產生影響，會對地球造成某種災難，如果沒有道德的君王會把這個災難轉嫁給民眾百姓，而有道德的君王會反躬自己，

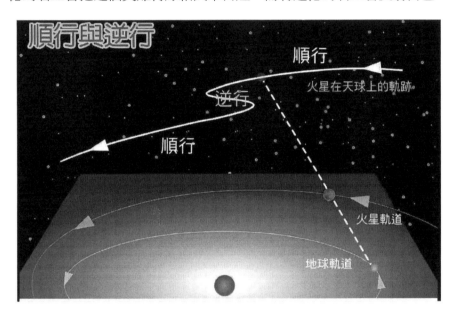

圖55 火星順行與逆行

圖56 「厥」字金文

認為自己那個地方做得不夠，是上帝的懲罰，願意承擔罪過，這樣的擔當就被稱之為「厥德」。「朝天厥」就是厥德的延伸，會意成「上天有什麼懲罰就沖我來吧，不要傷害我們的子民百姓」，電影《滿江紅》的最後一句「朝天厥」，深得觀眾的共鳴，就是喚醒了中國人內心深處的厥之道德。

> 民好明德，憂在天下，用厥邵好，益貴懿德，康亡不懋，孝友訏明，經齊好祀，無醜心好德，婚媾亦唯協，天數用考，申複用發，祿永禦於寧。遂公曰：民唯克用，茲德亡誨。

茲：「茲」就是「磁」，磁有二個「玄」字並立，「玄之又玄，眾妙之門」，「玄」就是磁力線的象形，宇宙所有的奧秘就在「磁」中，「磁」是指南針的核心材料，也是地球自轉的原理，與「磁」字有關的字在甲骨文和金文中不斷出現。「宅茲中國」，中國的上古史是從用「磁」開始的。China 指的不是「瓷」，那是因為「瓷」的歷史太短，「瓷」與「磁」同音，「磁」才是最早的中國。

一點感想

後半部分的銘文我們只解讀了「茲」字，其他銘文的解讀和李零老師的解讀雖然有點不同，但是並沒有影響我們對「禹」字的判斷，而我們主要目的只是想還原「禹」字的本來面目。在華夏文明的歷史進程中，除了伏羲黃帝之外，大禹是怎麼也繞不過去的一代君主，關於夏代，關於大禹，有太多太多的研究，但是至今並沒有突破性的成果，最新出版的《夏商周斷代工程報告》[11]還否定了二里頭是夏代的

---

11 「如果以二里頭文化為夏代中、晚期文化，則二裡頭遺址最有可能是這一時期的夏

始都，這麼龐大的斷代工程並沒有給我們帶來多少驚喜。「禹」字是一條蟲，至今還躺在《說文解字》的字典裡，今天所有的研究還是以許慎為準繩，可是我們心裡清楚，許慎並沒有見過我們現在能夠見到的「贊公盨」，許慎他更沒有見過甲骨文，用一個從來沒有見過這些文字編的字典為準繩，而且一用就是二千多年，從不修正，有這麼可能給我們帶來驚喜。

對於「大禹治水」是不是歷史的誤讀，可能還需要更多的研究成果互相印證，而我們的研究方法不會改變，我們依然擱置文獻和字典，從字形為起點，以「科學考古」的名義，少談主義多講原理和方法，如果沒有「實事求是」的態度，又怎麼可能找到華夏文明的源頭。

感謝這個時代，我們還能穿越時空，能夠見到三千年以前的文字，這是我們的榮幸，也是我們的責任，只有找到華夏文明源頭，還原歷史的本來面目，中華民族才能談得上真正的偉大復興，只有找到華夏文明的源頭，我們才能對得起這個時代，對得起我們偉大的祖先。

都斟那。而據文獻記載，夏代初期的禹和啟均另有所都」。夏商周斷代工程專家組：《夏商周斷代工程報告》（北京：科學出版社，2022年），頁351。

後記

　　寫到這裡正好一個月，前期準備了好久，但是動起手來沒有想像的那麼容易，本想「一鏡到底」，最後還是「蒙太奇」，剪接組裝，才湊成這些文字，能不能出版已不重要，本來就是想給自己一個交代，如果你不幸看到這些文字，我的建議是，不要輕易走我的路，這條路太長，看不到盡頭……。

二〇二三年二月二十三日二十一點七分四十二秒

廣西南寧未知堂兩難齋

參考文獻

曹書敏　告成觀星天文測量與探索　鄭州　河南人民出版社　2017年

陳遵媯　中國天文學史（上、下）　上海　上海人民出版社　2018年

李　零　茫茫禹跡　北京　生活‧讀書‧新知‧三聯書店　2016年

唐　蘭　中國文字學　上海　上海世紀出版集團、上海古籍出版社　2012年

張衍田　中國古代紀時考　上海　上海古籍出版社　2018年

鄭文光　中國天文學源流　北京　科學出版社　1979年

李建成　伏羲文化概論　蘭州　甘肅人民出版社　2018年

班大為　中國上古史實揭秘——天文考古學研究　上海　上海古籍出版社　2008年

馮　時　中國天文考古學　北京　中國社會科學出版社　2016年

陳獨秀　小學識字教本　北京　新星出版社　2017年

陸思賢、李迪　天文考古通論　北京　紫禁城出版社　2005年

姚孝遂　許慎與說文解字　北京　作家出版社　2008年

劉　釗、馮克堅主編　甲骨文常用字字典　北京　中華書局　2019年

喬登雲、劉勇　磁山文化　石家莊　花山文藝出版社　2006年

申禮成、張海江　磁山文化探索與發展——中華文明源　武安市文化局　2006年

李宗焜　甲骨文字編　北京　中華書局　2012年

李約瑟　中國科學技術史——物理學卷　北京　科學出版社、上海古籍出版社　2019年

李約瑟　文明的滴定　北京　商務印書館　2017年

李志超　天人古義──中國科學史論綱　鄭州　大象出版社　2014年

王振鐸　科技考古論叢　北京　文物出版社　1989年

中國天文學史文集編輯組　中國天文學史文集　北京　科學出版社
　　　1978年

李穆文主編　探索時空的天文曆法　西安　西北大學出版社　2006年

竇　忠、劉永鑫　時間科學館　北京　科學出版社　2021年

江曉原、鈕衛星、盧仙文　地位獨尊的古代天學　瀋陽　遼寧古籍出
　　　版社　1995年

金景芳、呂紹綱　尚書──虞夏書新解　遼寧　遼寧古籍出版社
　　　1996年

北京天文館編　中國古代天文學成就　北京　北京科學技術出版社
　　　1987年

李　良　打開星河　石家莊　河北少年兒童出版社　1995年

感謝以上著作的作者，是你們給了我靈感與光芒，謝謝你們！

特別鳴謝：書法字典網　http://www.shufazidian.com

文化生活叢書 1300013

伏羲的字典

作 者	汪開慶
責任編輯	陳宛妤
特約校稿	陳相誼

發 行 人　林慶彰

總 經 理　梁錦興

總 編 輯　張晏瑞

編 輯 所　萬卷樓圖書股份有限公司

　　　　　臺北市羅斯福路二段 41 號 6 樓之 3

　　　　　電話　(02)23216565

　　　　　傳真　(02)23218698

發　　行　萬卷樓圖書股份有限公司

　　　　　臺北市羅斯福路二段 41 號 6 樓之 3

　　　　　電話　(02)23216565

　　　　　傳真　(02)23218698

　　　　　電郵　SERVICE@WANJUAN.COM.TW

香港經銷　香港聯合書刊物流有限公司

　　　　　電話　(852)21502100

　　　　　傳真　(852)23560735

ISBN 978-986-478-933-7

2023 年 10 月初版

定價：新臺幣 360 元

如何購買本書：

1. 劃撥購書，請透過以下郵政劃撥帳號：

　　帳號：15624015

　　戶名：萬卷樓圖書股份有限公司

2. 轉帳購書，請透過以下帳戶

　　合作金庫銀行　古亭分行

　　戶名：萬卷樓圖書股份有限公司

　　帳號：0877717092596

3. 網路購書，請透過萬卷樓網站

　　網址　WWW.WANJUAN.COM.TW

大量購書，請直接聯繫我們，將有專人為您

服務。客服：(02)23216565　分機 610

如有缺頁、破損或裝訂錯誤，請寄回更換

版權所有·翻印必究

Copyright©2023 by WanJuanLou Books CO., Ltd.

All Rights Reserved　　　　**Printed in Taiwan**

國家圖書館出版品預行編目資料

伏羲的字典 / 汪開慶著. -- 初版. -- 臺北市：

萬卷樓圖書股份有限公司, 2023.10

　　面；　公分. -- (文化生活叢書；1300013)

ISBN 978-986-478-933-7(平裝)

1.CST: 漢字　2.CST: 歷史

802.209　　　　　　　　　　　　　112014073